Das tolle Trio
jagt den Hamster

Zimmermann & Zimmermann

Das tolle Trio jagt den Hamster

Mit Illustrationen

von Karoline Kehr

Thienemann

1

Von Heinzi hatten wir immer nur Gutes gehört. »Heinzi würde abends aber sein Zimmer aufräumen«, tadelte der Vater, wenn wir wieder einmal keine Lust hatten, die Unordnung zu beseitigen.

»Heinzi würde pünktlich nach Hause kommen«, meinte die Mutter vorwurfsvoll, wenn wir wieder zu spät dran waren.

»Dieser blöde Heinzi! Und überhaupt, wie kann man so einen Namen haben?« maulte Ev. Da mußte ich leicht grinsen, denn Ev heißt eigentlich Eva-Maria, und dann noch Mathilde nach ihrer Patentante.

Sie wird natürlich immer fuchsteufelswild, wenn Mutter sie »Eva-Maria, komm mal her!« ruft. Ihr größter Ehrgeiz liegt darin, daß in ihrer Klasse ja keiner erfährt, welch schrecklichen Namen sie in Wirklichkeit hat.

Also der Unterschied von Eva-Maria zu Heinz-Peter ist ja wirklich nicht so groß, aber Ev ist wenigstens kein Vorbild für mich, nicht so wie der bescheuerte Heinzi, den uns unsere Eltern dauernd aufs Butterbrot schmierten, im übertragenen Sinne natürlich. Und so fing das dann auch an:

Ich schmierte mir gerade mein Pausenbrot selbst.

Mama schminkte sich, und dabei soll man sie möglichst nicht stören, sonst ist sie nämlich schon morgens schlecht gelaunt. Papa lag wohl noch im Bett. Minki, unser frecher Kater, lauerte gierig und hoffte, daß mir ein Stück Schinken aus der Hand fallen würde – da klingelte das Telefon.

Nun ist das bei uns nichts Ungewöhnliches. Es klingelt nämlich dauernd, weil wir fast die gleiche Nummer wie der Pizza-Express-Service haben. Manchmal melde ich mich nicht mit »David Zimtröter«, sondern mit »Unsere Pizza ist gerade ausgegangen, rufen Sie morgen wieder an!« Mama hat das eines Abends mit angehört und meinte, wenn die vom Pizza-Service das mitkriegten, dann würden wir schönen Ärger bekommen. Seitdem mach ich das nur noch, wenn Mama nicht in der Nähe ist.

Jetzt klingelte also das Telefon, und es war gerade kurz nach sieben, ein bißchen früh für 'ne Pizza, fand ich. Ev war schneller als ich, und ich bekam gerade noch mit, wie sie ganz aufgeregt hin und her lief und immer wieder »Ja, sofort, ich hole ihn!« ins Telefon brüllte. »Papa, Afrika, komm schnell ...!«

So'n Quatsch, dachte ich, Afrika kann doch nicht am Apparat sein. Bei Papa hatte es jedenfalls gewirkt. Ziemlich zerknittert stand er in der Diele und hielt den Hörer erst mal verkehrt herum ans Ohr.

Inzwischen standen wir alle um ihn herum: Mama, die nervös zwinkerte und dabei ihre Wimperntusche verschmierte, Ev natürlich wieder ohne Hausschuhe, was Papa aber nicht bemerkte, weil er ganz eifrig in den Hörer sprach, und ich.

Und ich hatte *solche* Ohren, denn es mußte wohl etwas

Wichtiges im Gange sein, daß alle so gespannt waren. Leider verstand ich überhaupt nichts, denn Papa sprach englisch. Als er das Gespräch beendet hatte, redete er mit Mama auf englisch weiter. Typisch! Immer, wenn wir Kinder nichts verstehen sollen, so weihnachtsgeschenkemäßig und so, dann reden sie englisch. Wird ihnen aber auch nicht mehr lange nützen, denn nächstes Jahr komme ich aufs Gymnasium, und dann verstehe ich alles.

Ev behauptet zwar, sie könne Englisch, aber als ich sie aufforderte: »Los, übersetz mal, was Papa gesagt hat!«, da stotterte sie nur blöd rum und meinte, das würde mich noch gar nichts angehen. Wenn Lars heute mittag anruft, dann werde ich sagen: »Einen Moment, Eva-Maria Mathilde kommt gleich!« Das ist dann meine Rache; für Lars schwärmt Ev nämlich, und der wird sich wahrscheinlich nicht mehr blicken lassen, wenn er erfährt, wie sie in Wirklichkeit heißt.

Aber jetzt hatte ich ein anderes Problem. Solange wir alle um Papa herumgestanden waren, hatte sich unser verfressener Kater den Schinken von meinem Brot gemopst. »Mistvieh, altes!« schrie ich ihn an, denn es war die letzte Scheibe Schinken gewesen und ein Marmeladebrot wollte ich nicht unbedingt mitnehmen. Wenn jetzt der Eindruck entsteht, ich mag Minki nicht, dann täuscht das: Ich mag ihn eigentlich sehr. Aber eben nicht, wenn er sich auf meine Kosten den Bauch vollschlägt.

Und deshalb hatte ich eine echte Wut auf Minki. Den letzten Schinken wegzufressen, war schon gemein, vor allem, weil wir ja nicht so viel Geld haben, um laufend neuen Schinken zu kaufen. Ich lief in mein Zimmer, um aus meinen heimlichen Vorräten noch einen Schokoriegel mitzunehmen, als ich aus dem Wohnzimmer plötzlich verdächtige Geräusche hörte. Mama weinte. Vorsichtig schob ich mich näher an die Tür. Sicherlich hatte das was mit dem komischen Anruf von vorhin zu tun.

»Es ist aber die Chance ... begreif das doch ...«, hörte ich Papa sagen, »und außerdem ist es nur für drei Monate.« – »Und die Kinder?« schniefte Mama. Aha, es hatte wohl was mit Ev und mir zu tun.

Der Unterricht hatte längst begonnen, stellte ich mit Schrecken fest. Fips, unser Mathelehrer – eigentlich heißt er Herr Nonning, aber irgend jemand hat mal behauptet, er sähe aus wie Fips, der Affe – also Fips war unerbittlich streng, wenn man zu spät kam. Bloß, das hier war wohl wichtiger, es ging ja um unsere Zukunft.

Noch bevor ich mich in eine günstigere Lauschposition bringen konnte, klingelte wieder das Telefon – »Wo bleibt denn, verdammt noch mal, die Pizza?« – und Mama entdeckte mich und schickte mich zur Schule.

»Afrika, was könnte denn damit gemeint sein?« grübelte ich auf dem ganzen Schulweg, und daß man, wenn man grübelt, nicht allzu schnell ist, das leuchtet wohl jedem ein. Tatsache war jedenfalls, daß ein Erdteil unmöglich am Telefon sein konnte, also mußte es vielleicht jemand aus Afrika sein. Aber soviel ich auch nachdachte, mir fiel absolut niemand ein, den wir in Afrika kannten. Die einzigen Verwandten waren Mutters Schwester und ihr Sohn Heinzi. Sie wohnen in Bayrisch-Grön, irgendwo im Bayrischen.

Na ja, durch die ganze Nachdenkerei hatte ich viel Zeit verloren; die zweite Stunde hatte bereits begonnen. Das war Deutsch bei Frau Pauser und so langweilig, daß uns für die gute Frau nicht mal ein Spitzname eingefallen war.

»Die ersetzt jedes Schlafmittel«, behauptete Oliver. Der mußte es schließlich wissen, denn er wiederholte die Klasse und kannte mittlerweile alle Lehrer unserer Schule ganz genau.

Einen Vorteil hatte Frau Pauser: Sie konnte sich überhaupt keine Namen und Gesichter merken – kurzum, sie war entsetzlich vergeßlich. Sie gab uns Hausaufgaben auf und dachte am nächsten Tag nicht mehr dran. Wir hofften jeden Morgen, daß sie mal vergessen würde, zur Schule zu gehen. Aber das passierte nie.

In mir reifte so langsam ein Plan, wie ich um dem Eintrag ins Klassenbuch wegen Zuspätkommens entgehen konnte. Vorsichtig schlich ich in die Pausenhalle. Jetzt durfte mich der Hausmeister nicht erwischen. Anorak und Schulmappe blieben vor dem Klassenzimmer, und mit Unschuldsmiene öffnete ich die Tür. 25 Schüler drehten sich ruckartig um – endlich eine Abwechslung. Natürlich hatte auch die Pauser was gemerkt.

»Na, wo kommst du denn her, Andreas?«

»Also, ich bin der David, und Sie haben mich vor fünf Minuten zur Toilette gehen lassen!«

Frau Pauser guckte zwar etwas erstaunt, sie konnte sich wohl nicht mehr erinnern, aber dann zuckte sie mit den Schultern, lächelte verlegen und meinte nur »Ah ja«.

In diesem Moment fand ich sie richtig nett und nahm

mir vor, sie in Zukunft möglichst nicht mehr zu ärgern. Also, ich hatte wenigstens den Vorsatz!

Afrika, was könnte damit gemeint sein? Vielleicht eine Einladung nach Afrika? Ich sah mich schon auf Elefanten reiten. Mann, würden meine Schulfreunde staunen – und die Lehrer erst. Ich würde ganz lässig zur Schule gehen, natürlich gleich zur Direktorin, und ihr sagen: »Also in nächster Zeit kann ich leider nicht kommen. Ich reise für drei Monate nach Afrika!«

Mittags, als ich von der Schule nach Hause kam, gab es mal wieder Pizza. »Einen Vorteil müssen wir vom Pizza-Service ja haben«, meinte Papa. »Die Nummer kann sogar ich mir merken.«

Pizza zum Mittagessen war immer ein Krisenzeichen. Es bedeutete nämlich, daß die Eltern den ganzen Vormittag über wichtige Dinge diskutiert hatten, anstatt für vernünftige und vitaminreiche Nahrung zu sorgen, die Mama sonst immer verlangte. Zeit genug hatten sie ja: Papa war nämlich Archäologe, also so einer, der nach alten Scherben gräbt. Nur waren im Moment keine Scherben vorhanden, und deshalb fuhr er meistens Taxi. Mama war seine Assistentin, und da er keinen Job hatte, hatte sie logischerweise auch keinen.

»Wann fahren wir denn jetzt nach Afrika?« erkundigte ich mich beim Mittagessen. Denn mittlerweile war mir ganz klar, daß es sich heute morgen um eine Einladung gehandelt haben mußte. Papa fiel ein Stück Pizza aus dem Mund, auf seine Hose. Mama macht dann normalerweise immer gleich Theater: »Wer wäscht und bügelt die wieder?« und »Könnt ihr nich' mal 'ne Serviette benützen, wie in zivilisierten Familien?« Aber heute sagte sie merkwürdigerweise gar nichts. Sie sah auch blasser aus als sonst, ja sie hatte sich nicht mal fertiggeschminkt, seit ich das Haus verlassen hatte.

»Wann fahren wir nach Afrika?« wiederholte ich meine Frage, als mich alle fassungslos anguckten. Ev machte nur verächtlich »Ph!« und stand einfach auf. Papa druckste rum: »David, du bist doch schon ein großer Junge ...« Ja toll, diese Einleitung kannte ich. Immer wenn etwas Unangenehmes passierte, war man plötzlich ein großer Junge und so verständnisvoll. Nur wenn man mal was wirklich Wichtiges wollte, z. B. allein mit seinem Freund eine große Radtour machen, ja dann war man plötzlich viel zu klein. Ich war vorgewarnt, jetzt konnte nur ein Riesenärger kommen.

»Ein großer Junge«, wiederholte Papa. Das macht er immer, wenn er nervös ist. Dann sagt er manche Sachen dreimal, und normalerweise bringt das Mama auf die Palme. Sie unterbrach ihn auch jetzt und sagte, zu mir gewandt: »David, du weißt, daß dein Vater schon seit einiger Zeit arbeitslos ist. Heute morgen kam ein Anruf eines Instituts in Simbabwe. Sie brauchen jemanden für drei Monate. Das ist *die* Chance für Papa, verstehst du? Wenn er dort gearbeitet hat, kann er mit den Forschungsergebnissen Karriere machen. Und außerdem«, sie blinzelte, weil sie fast heulte, »sind es ja nur drei Monate.«

Drei Monate Simba... Wie hieß das Land noch mal, Simbaba oder so ähnlich, auf alle Fälle Afrika und kein Matheunterricht mehr, das war ja einfach spitze!

»Bestens«, sagte ich, »ich finde das richtig, daß Papa diese Chance in Simbaba nützt.«

»Simbabwe heißt das, du Trottel«, schniefte Ev, die gerade zur Tür hereinkam.

»Egal, ich find's einfach toll!« bekräftigte ich. »Wahrscheinlich wohnen wir da in einer Bambushütte. Und was gibt's denn überhaupt zu essen? Können wir ein paar Tafeln Schokolade mitnehmen? Vielleicht gibt's dort keine Nuß-Schoko ...« Aber bevor ich weiterreden konnte, unterbrach mich Ev: »Du Trottel, die Reise geht ohne dich. Und ohne mich«, fügte sie noch hinzu, als sie mein entgeistertes Gesicht sah.

Wie bitte, die Eltern wollten allein nach Afrika fahren? Uns zwei allein lassen? Wo sie doch abends nicht mal weggingen, aus lauter Angst, ihren lieben Kindern könnte irgend etwas passieren. Immer mußten wir genau sagen, wohin wir gingen, mußten ständig zu Hause anrufen, wenn es mal etwas später wurde. »Ich will immer wissen, wo meine Kinder sind«, sagte Mama dann. Und jetzt wollten die uns allein lassen. Ich schluckte.

»Bitte macht es uns nicht schwerer, als es ohnehin schon ist. Aber wir müssen auch an eure Zukunft ...«

Das Telefon klingelte. Papa sprang auf. Er war sicher froh, nicht mehr die vorwurfsvollen Gesichter von Ev und mir zu sehen. Wir starrten vor uns hin. Mama sagte gar nichts mehr. Minuten vergingen. Sollte Mama ruhig ein schlechtes Gewissen kriegen, einfach uns Kinder allein zu lassen.

Obwohl, je mehr ich darüber nachdachte, um so interessanter wurde dieser Gedanke. Fürs Essen gab es ja

McDonalds und Ähnliches, und das konnten uns Mama und Papa dann nicht verbieten. Ein bißchen entgegenkommen mußten sie uns schon. Keine Diskussionen mehr, wie lange man abends aufbleiben durfte; die lästige Aufräumerei würden wir natürlich bleibenlassen. Sturmfreie Bude – meine Freunde könnten kommen, wann sie wollten. Niemand wollte dann wissen, ob ich schon Klavier geübt habe …

Ja, entschied ich für mich selbst, das geht. Von mir aus kriegen die Eltern drei Monate Urlaub. Länger nicht, denn dann habe ich Geburtstag, und von Ev allein ist an Geschenken nicht viel zu erwarten.

Ev schien nach langem Nachdenken zu einem ähnlichen Ergebnis gekommen zu sein. »Wir wollen Papa ja keinen Stein in den Weg legen«, sagte sie zu Mama gewandt. »Ich glaube, wir sind wirklich alt genug, um …«

»Alles klar, sie ist einverstanden«, sagte Papa, der gerade das zweite wichtige Telefonat an diesem Tag geführt hatte. Er schwenkte sichtlich erfreut einen Zettel und fuhr fort: »Hier steht alles drauf, was sie mitbringen sollen. Jetzt trinken wir aber zur Feier des Tages ein Schlückchen Sekt!«

»Wer ist einverstanden? Was soll das jetzt wieder heißen?« wollte Ev wissen.

Mama druckste rum: »Eva-Maria Mathilde, David, wir können euch doch nicht allein hier in der Wohnung lassen. Deshalb habe ich bei Tante Sabine und Heinzi angefragt, ob ihr für die drei Monate nicht zu ihnen …«

»… kommen könnt!« beendete Ev den Satz.

Ich war völlig fertig. Zuerst nichts mit Afrika, statt dessen zu Hause bleiben, und jetzt auch noch irgendwohin ins Bayrische, zu Tante Sabine und Heinzi, diesem Musterknaben. Nein, das war zuviel. Ev guckte ebenfalls total sauer. Mit sturmfreier Bude war bei Tante Sabine garantiert nichts. Und dann noch dieser blöde Heinzi! Dieser Musterknabe, der immer das tat, was von ihm verlangt wurde. Wie sollte man so einen Knaben drei Monate lang aushalten? Ev und ich blickten uns an. Normalerweise streiten wir dauernd, behaupten wenigstens Mama und Papa, aber es gibt einfach Zeiten, da müssen sogar wir zwei zusammenhalten. Und so ein Zeitpunkt war jetzt eindeutig gekommen.

Mama sagte: »Es ist alles geregelt. Mit eurer Schulleitung habe ich geredet. In Bayrisch-Grön ist auch alles klar. Nächste Woche geht es los!«

»Bayrisch-Grön«, stöhnte Ev, »das darf man ja niemandem erzählen.«

»Nun ja«, meinte Mama spitz, »es ist nicht gerade ein weltbekannter Ort, aber der bayrische Maler Albert Sigismuder hat dort immer Urlaub gemacht, und dann wird Bayrisch-Grön für euch wohl auch gut genug sein.«

Eines war klar: Ev und ich mußten Kriegsrat halten. So einfach nach Afrika zu fliegen und uns Kinder nach Bayrisch-Grön zu Heinzi und seiner Mama abzuschieben, nein, das ging nicht.

Ev und ich hockten auf meinem Bett und überlegten krampfhaft.

»Warum kriegst du nicht mal wieder einen ordentlichen Husten?« schlug meine schlaue Schwester vor.

»Ha, witzig, einfach so 'nen Husten kriegen, wenn's

weiter nichts ist«, höhnte ich. Aber andererseits, schlecht war die Idee auch nicht. Wenn wir krank waren, dann machten die Eltern nämlich einen furchtbaren Heckmeck um uns, so mit Wadenwickeln, Kräutertees und Bloß-nicht-zu-früh-Rausgehen, weil man dann ja noch viel länger krank bleiben würde. Letztes Jahr wurde unser Winterurlaub fast verschoben, weil ich so schrecklichen Husten hatte.

»Die Idee ist gut. Also werde ich einen entsetzlichen Husten bekommen«, verkündete ich und hustete gleich mal los.

Ev guckte mich entgeistert an: »Mit diesem Gehüstle kannst du niemand überzeugen. Denk dran, um was es hier geht: Die Eltern müssen uns einfach mit nach Simbabwe nehmen. Dafür kannst du dich auch einmal im Leben anstrengen.« Sie überlegte. »Ich mach dir dafür dreimal die Mathehausaufgaben.«

»Nein danke, liebes Schwesterherz, so falsch, wie du immer rechnest.«

Aber wenn Ev schon bereit war, etwas für mich zu tun, dann mußte ich das natürlich ausnutzen. »Du kannst mir mal deinen Kassettenrecorder für zwei Tage leihen«, schlug ich ihr vor. Den hütete sie normalerweise wie ihren Augapfel. »Ich huste schließlich für uns beide«, erinnerte ich sie.

Mit dem Kassettenrecorder unter dem Arm ging ich in den Keller. Das ist so ziemlich der einzige Ort im ganzen Haus, wo man ungestört ist. Mama betritt diesen Raum prinzipiell nicht, weil sie sich vor Spinnen fürchtet, und die gib's hier massenhaft. Unter dem ganzen Gerümpel befand sich auch ein alter Wohnzimmersessel, in dem ich es mir gemütlich machte. Bevor ich an die Arbeit gehen wollte, mußte ich mich erst noch ein bißchen stärken. Ev hatte nämlich noch eine Tafel Nußschokolade rausgerückt. Ein Opfer, das ihr wohl nicht so schwergefallen war, weil sie lieber Marzipan ißt.

Und dann legte ich los.

Als ich eine Stunde später nach oben schlich, war ich doch ziemlich erschöpft. So schwierig hatte ich mir das Ganze nicht vorgestellt. Aber als ich aus dem Fenster sah, grinste ich zufrieden. Mein Opfer war draußen im Garten und tratschte mit einer Nachbarin. Ich öffnete das Fenster vorsichtig, zog die Gardinen vor, stellte den Kassettenrecorder an und wartete, halb hinter dem Vorhang versteckt, was jetzt wohl passieren würde. Erst mal tat sich gar nichts. Unsere Vermieterin, Frau Kleinschmitt, und ihre Nachbarin unterhielten sich so, daß sie gar nichts mitkriegten. Und dabei klang es zum Steinerweichen: ein hohles Husten, das gar nicht mehr aufhören wollte. Es half alles nichts; ich mußte den Kassettenrecorder noch lauter stellen. Oje, jetzt hörte man ganz deutlich, wie ich gegen den Blecheimer gestoßen war! Aber immerhin, die zwei da draußen schwiegen einen Moment. Da drehte ich nochmals lauter. Ich sah, wie Frau Kleinschmitt zu meinem Fenster deutete und dann mehrmals den Kopf schüttelte. Vorsichtig drehte ich das Gerät wieder leiser. Und da wurde auch schon meine Zimmertür aufgerissen.

»Sag mal, du bist ja ein echtes Talent. Wie hast du das

in so kurzer Zeit …?« Jetzt hatte Ev den Recorder entdeckt und lachte los.

»Im Keller hab ich in einen alten Blecheimer gehustet«, erzählte ich ihr stolz. »Guck mal zum Fenster raus, ich glaube, es wirkt schon.«

Tatsächlich hatte es Frau Kleinschmitt anscheinend eilig, sich zu verabschieden. Kurze Zeit später klingelte es bei uns an der Wohnungstür. Papa öffnete, und schon redete Frau Kleinschmitt ihn in Grund und Boden. Wir hatten inzwischen vorsichtig die Tür meines Zimmers geöffnet, um auch ja viel von diesem Gespräch mitzuhören. Tatsächlich, Frau Kleinschmitt klärte Papa über den höchst gefährlichen Husten seines Sohnes auf: »Ich würde sofort zum Spezialisten gehen. Damit darf man nicht spaßen. Das klang so hohl, ja richtig blechern«, beteuerte sie.

Ev und ich grinsten uns gegenseitig an. »Leg dich mal ins Bett, damit es echter aussieht«, flüsterte Ev. Damit mußte ich zwar auf mein Handballtraining heute abend verzichten, aber was tut man nicht alles für Afrika.

Ich zog meinen Schlafanzug an, wickelte einen Schal um den Hals, schmierte mir etwas von Mamas Lippenstift ins Gesicht und legte mich dann ins Bett. Ich fühlte mich tatsächlich schon etwas krank. Und es dauerte keine zehn Minuten, da stand schon die ganze Familie um mein Bett herum. Mama guckte ziemlich schockiert, als Papa ihr von meinem Husten erzählte.

»Blechern«, wiederholte sie, »hat die Kleinschmitt tatsächlich *blechern* gesagt? Hoffentlich gibt das keine Lungenentzündung.«

»Miß doch erst mal Fieber!« meinte Papa. »Wir können dann immer noch einen Arzt holen.«

Und dann kam die große Überraschung. Stirnrunzelnd betrachtete Papa das Thermometer. »Tatsächlich, fast 40!« sagte er.

Ich konnte es nicht glauben. Zwar hatte ich schon vor, so zu tun, als ob ich krank sei, aber woher kam das Fieber?

»Wadenwickel mit Essigwasser, und dann zum Fiebersenken noch Rotebetesaft«, ordnete Papa an.

»Und einen Quarkwickel auf die Brust«, ergänzte Mama. Ich verdrehte die Augen. Igitt, Rotebetesaft war so ziemlich das Schlimmste, was ich mir vorstellen konnte. Und dann noch Quarkwickel!

»Ev, sei ein Schatz und mach du die Wadenwickel«, bat Mama, als sie mit einem großen Glas Rotebetesaft zurückkam. »Ich geh rasch Quark für den Wickel besorgen.«

»Mist, da haben wir die Bescherung«, murrte Ev. »Eigentlich wollte ich mich mit Lars treffen, anstatt dir Wickel zu machen.«

»Du bist witzig. Wer leidet denn hier?« Im Nu hatten wir wieder den schönsten Streit. Gerade wollte Ev mir eine runterhauen, da hielt sie inne. »Laß mal fühlen!« Sie tätschelte meinen Kopf. »Fühlt sich völlig normal an. Vielleicht solltest du noch mal messen.«

Es waren in der Tat genau 37 Grad, und ich fühlte mich wieder völlig gesund. »Aber warum hatte ich vorhin …?«

»Mensch, du glaubst auch alles, was man dir erzählt«, höhnte Ev. »Papa hat dich genauso reingelegt wie du ihn. Wahrscheinlich klang der ganze Husten zu blechern. Na,

die Wadenwickel kann ich mir sparen.« Sie rannte hinaus, wahrscheinlich, um doch noch ihren Lars zu erwischen.

Da lag ich nun. Die ganze Mühe war umsonst gewesen. Mit dem Rotebetesaft goß ich das Alpenveilchen auf der Fensterbank. Sollte das doch dran eingehen! Ich war so sauer, vor allem auf die Eltern, die den ganzen Plan durchschaut hatten. Papa streckte den Kopf zur Tür herein und meinte grinsend: »Na, können wir den Quark vielleicht für eine Quarkspeise verwenden, oder brauchst du doch einen Wickel?«

Beim Abendbrot gab es dann einen Familienrat. So nennen wir das, wenn es Wichtiges zu besprechen gibt. Mama und Papa hielten uns eine Standpauke, und wir versprachen, schön brav »die paar Wochen« bei Tante Sabine und Heinzi in Bayrisch-Grön zu bleiben.

»Wir bringen euch auch was Schönes mit«, rief uns Papa noch nach, als wir ziemlich frustriert in unsere Zimmer gingen.

»Am schlimmsten finde ich, daß wir übermorgen schon fahren müssen«, schimpfte Ev. Sie war nur sauer, weil sie sich dann am Wochenende nicht mit Lars treffen konnte. Mir war egal, ob ich Bayrisch-Grön heute oder morgen zu sehen bekam!

Ein komisches Gefühl war es schon, am nächsten Tag in die Schule zu gehen und zu wissen, daß es für ein Vierteljahr das letzte Mal war. Ich meine natürlich in dieser Schule; in Bayrisch-Grön mußte ich ja auf Heinzis Schule. So ein Mist! Der Gedanke an diesen Kerl ärgerte mich. Wahrscheinlich war er auch ein Musterschüler. Vielleicht konnte man ihm ja einen Streich spielen. Ja, ich würde Heinzi ordentlich ärgern.

Wenn ich mich bei Tante Sabine richtig danebenbenehmen würde und ihren Heinzi ständig ärgerte, vielleicht würde ich dann nach Afrika geschickt werden. Aber vorerst wollte ich mal den braven Sohn spielen.

Am Abend vor unserer Abreise hatte Papa den Pizza-Service angerufen. Jeder durfte seine Lieblingspizza bestellen. Klar, die Eltern hatten ein schlechtes Gewissen. Ev nützte das natürlich gleich aus und bettelte so lange, bis Mama ihr ihren neuen Schal gab.

»Den brauchst du in Afrika ja nicht«, behauptete Ev, und Mama schluckte. Wahrscheinlich fing sie gleich an zu heulen. Aber bevor wir alle dasitzen und Trübsal blasen konnten, zog Papa einen Zettel aus seiner Hosentasche. »Das ist für Notsituationen. Ich wiederhole: für absolute Notsituationen.« Ev riß ihm das Blatt aus der Hand, und ich guckte ihr neugierig über die Schulter.

»Unter dieser Telefonnummer könnt ihr uns erreichen«, sagte Mama. »Aber denkt bitte dran, es ist furchtbar teuer, uns anzurufen. Und versucht bloß nicht, heimlich von Tante Sabine aus zu telefonieren. Das merkt sie bestimmt.«

Wahrscheinlich war Tante Sabine geizig. Ich zwinkerte Ev zu. Nachts konnte man ja mal heimlich in Simbaba anrufen.

»Bevor ihr hier noch was ausheckt«, unterbrach uns Papa, der das Zwinkern bemerkt hatte, »geht ihr besser zu Bett, denn morgen müssen wir früh los.«

2

Natürlich kamen wir am nächsten Morgen nicht um sieben, wie geplant, sondern erst um neun Uhr los. Das ist bei uns immer so. Letztes Jahr mußten wir morgens noch mal unsere ganzen Koffer auspacken, weil wir die Adresse unseres Ferienhauses nicht finden konnten. Nicht mal an den Namen des Dorfes irgendwo in der Bretagne konnten wir uns erinnern. Als wir alle Koffer durchsucht hatten – ergebnislos natürlich – und Papa schon die Vermieterin anrufen wollte, rief Mama: »Um Himmels willen, die hält uns ja alle für Deppen. Nein, wir suchen weiter.« Und ich war dann derjenige, der die Adresse fand. Papa hatte für Minki ein Bällchen gemacht, aus Papier natürlich, und das war die Adresse des Ferienhauses gewesen.

»Diesmal wissen wir wenigstens, wohin wir müssen«, sagte Mama, als wir endlich alle im Auto saßen. »Hast du die Kaffeemaschine ausgemacht?« Ev wurde hochgeschickt, um nachzusehen, und mußte gleich noch die Spülmaschine und die Waschmaschine kontrollieren. Das ist auch jedes Mal das gleiche. Aber dieses Mal hätte es von mir aus noch viel länger gehen können.

Jetzt kam auch noch Frau Kleinschmitt ans Auto.

»Gute Fahrt, und für die Kinder hab ich noch 'ne Kleinigkeit.« Sie überreichte uns jede Menge Süßigkeiten von der Sorte, bei der Mama immer ein ganz komisches Gesicht kriegt. »So ein Schrott, lauter Chemie«, schimpft sie dann und bietet uns statt dessen einen Apfel oder eine Möhre an.

Heute aber sagte sie gar nichts und schimpfte auch nicht, als ich mir jede Menge orangeroter und giftgrüner Süßigkeiten in den Mund schob. Nach drei Stunden Fahrt hatte ich meinen ganzen Proviant aufgegessen, und mir war ziemlich schlecht. Genaugenommen war mir sogar furchtbar schlecht, und ich nahm mir vor, niemals mehr im Leben Süßigkeiten zu essen.

»Guckt mal, da draußen stehen Kühe«, sagte Papa, wohl um mich aufzuheitern. »Man sieht schon richtig, daß wir in Bayern sind.«

»So'n Quatsch«, sagte ich, »woanders gibt es auch Kühe.«

Bei Kühen mußte ich an Milch denken und dann an Schokolade, so daß mir noch schlechter wurde.

»Jetzt sind es nur noch drei Kilometer«, verkündete Papa, »dann sind wir in Bayrisch-Grön.« Ev und ich guckten uns nur an.

»Ist es nicht herrlich hier?« Papa verhielt sich wie ein Reiseführer. »So herrliche Hügel, und dahinten sieht man die Alpen, und bestimmt schneit es hier auch viel.« Er blickte sich kurz um. Als er unsere Gesichter gesehen hatte, sagte er nichts mehr.

WILLKOMMEN IM HERRLICHEN
BAYRISCH-GRÖN!

stand auf dem Schild am Ortseingang. Das hatte dieses Kuhdorf auch nötig.

Mama und Papa stritten sich bereits über den Weg zu Tante Sabine. »Ich werde wohl noch wissen, wo meine Schwester wohnt!« Ärgerte sich Mama. »Du hättest hier rechts abbiegen müssen.«

»Wegen dir haben wir in Frankreich eine Autobahnausfahrt verpaßt und mußten 50 Kilometer weiter fahren«, gab Papa zurück. Und schon hielten sie sich alle Verfehlungen der letzten Urlaube vor. »... und dann hast du kurz vor Karlsruhe ...«

Ev unterbrach die beiden: »Wir sind soeben aus Bayrisch-Grön rausgefahren. Der Ort ist hier zu Ende.«

Schweigend wendete Papa und fragte einen Fahrradfahrer nach der Münchner Straße.

»Siehst du, ich habe doch recht gehabt«, triumphierte Mama. »Wärst du gleich so gefahren, wie ich gesagt habe ...« Wir bogen in eine kleine Seitenstraße ein. Papa hielt vor einem zweistöckigen Haus.

Der Rasen davor war ordentlich gemäht. Auf einer Wäscheleine hingen zwei geblümte Schlafanzüge und drei weiße Socken.

»Na los, klingelt schon mal!« forderte er uns auf, als wir keine Anstalten machten auszusteigen.

»Tante Sabine beißt doch nicht!« lachte Mama, die wieder bessere Laune hatte. Vielleicht freute sie sich, ihre Schwester mal wieder zu sehen. Ev und ich öffneten das kleine Gartentor und blickten uns neugierig um. Schließlich wollten wir schon wissen, wo wir die nächsten drei Monate verbringen würden. Eigentlich war es komisch, daß wir Tante Sabine vorher nie besucht hatten. Ich konnte mich gar nicht an sie erinnern. Zwar wurde Heinzi uns oft als Vorbild hingestellt, aber hatten wir ihn überhaupt schon mal gesehen? Das mußte bestimmt sieben, acht Jahre her sein.

»Ich versteh das nicht«, murmelte Ev. Mindestens das fünfte Mal klingelte sie schon, aber niemand öffnete. Jetzt kamen auch Mama und Papa. Erwartungsvoll schauten sie zur Tür.

»Keine Sorge«, sagte Mama, »sie werden schon aufmachen. Wahrscheinlich habt ihr viel zu leise geklingelt.« Sie drückte auf den Klingelknopf, bis ihr der Finger weh tat. Umsonst – nichts rührte sich drinnen.

Wir standen ziemlich ratlos vor der Haustür, als Mama plötzlich einen leisen Schrei ausstieß. »Verflixt, die Pralinen, die wir Heinzi und Sabine mitbringen wollten ...«

»... liegen zu Hause auf der Anrichte«, beendete Ev den Satz.

»Wir bringen doch zwei Kinder mit«, flachste Papa und grinste uns an. Aber Mama fand das völlig unmöglich. »Jetzt habe ich Sabine so lange nicht gesehen und bring ihr nicht mal was mit«, ärgerte sie sich.

»Na gut, dann laß uns ein paar Blumen kaufen«, lenkte Papa ein. »Am Ortsanfang hab ich eine Gärtnerei gesehen. Außerdem, was sollen wir bei diesem Regen hier rumstehen.«

Ein Platzregen hatte eingesetzt, so daß wir zum Auto

rennen mußten. Papa sah kaum etwas durch die Windschutzscheibe, als wir den Weg zur Gärtnerei suchten. Mama hielt ihm einen ellenlangen Vortrag, welche Blumen er kaufen sollte und welche nicht.

»O. k., o. k., also keine Fresien und keine Tulpen und nur weiße und blaue, ich hab schon verstanden. Aber vielleicht solltest du doch besser selbst gehen. Zum Schluß mogelt die Verkäuferin mir noch was drunter, was dir nicht gefällt und ...«

Mama verdrehte die Augen. »Du wirst doch wohl noch einen Blumenstrauß kaufen können.« Ich glaube, sie hatte einfach keine Lust, bei dem Mistwetter aus dem Auto zu steigen. Papa hielt sich die Plastiktüte, in der sich die Süßigkeiten von Frau Kleinschmitt befunden hatten, über den Kopf und rannte durch den Regen.

Als er eine Viertelstunde später wieder an der Ladentür auftauchte, trug er einen riesigen, in Plastikfolie verpackten Blumenstrauß vor sich her. Mama seufzte leise auf. Wahrscheinlich hatte Papa ihren Geschmack nicht so ganz getroffen. Inzwischen nieselte es nur noch leicht, aber auf der Straße hatten sich große Pfützen gebildet.

»Na also«, meinte Mama, »das Wetter wird besser. Wahrscheinlich scheint heute nachmittag die Sonne. Dann können ...«

Weiter kam sie nicht, denn Ev brüllte: »Habt ihr das gesehen? So ein Schwein. Das gibt's doch nicht!« Sie deutete schockiert auf einen schwarzen BMW, der mit hoher Geschwindigkeit an Papa, der am Straßenrand stand, vorbeigefahren war. Es war ein BMW aus der 7er-Reihe – ich kenn mich da aus. Mama hatte die Autotür aufgerissen. »Sag mal, spinnt der?« rief sie empört.

Papa nickte. »Ich glaube schon. Hoffentlich ist das nicht typisch für die Gegend hier. Na ja, die Hose ist fürs erste ruiniert. Der Typ im schwarzen BMW ist voll durch die Pfütze gerauscht.«

Papas Hose war wirklich von oben bis unten naß. Lediglich die Plastikfolie, in die der große Blumenstrauß eingewickelt war, hatte sein Jackett gerettet. »So können wir auf keinen Fall zu Sabine gehen«, ärgerte sich Mama. »Mein Gott, wie sieht denn das aus?«

»Angenehm ist es nicht gerade«, gab Papa zu, »es ist sogar ziemlich naß und feucht, aber …«

»Kauf dir doch einfach eine neue Hose«, schlug Ev vor. »Die sieht sowieso ziemlich abgetragen aus.«

»Und das Geld dazu kommt von dir, was?« Mama schüttelte nur den Kopf.

Bloß keine Diskussion über Geld, betete ich. Geld ist bei uns in der Familie ein heikles Thema, und am Ende bleibt meistens die Erkenntnis, daß wir sparen müssen .

»Ich hab's«, sagte ich deshalb schnell. »Papa, du kannst ja was von mir anziehen!«

Ev tippte sich an die Stirn. »Sag mal, hast du schon mal in den Spiegel geguckt?!«

Ihr Einwand war berechtigt. Zwischen Papa und mir bestand schon ein gewisser Unterschied: Er war mindestens 50 Zentimeter größer und 45 Kilogramm schwerer als ich.

»Also, so schlecht ist die Idee von David gar nicht«,

unterstützte mich Mama. »Von dir, Eva-Maria, könnte Papa vielleicht eine Jogginghose ausleihen. Die dehnt sich ja.«

Mama kramte aus Evs Koffer eine pinkfarbene Jogginghose und frische Socken.

»Lieber mit einer nassen Hose als so rumlaufen«, versuchte Papa noch zu protestieren. Aber es war sinnlos. Auf dem Rücksitz des Autos mußte er seine Kleidung wechseln. Mama nahm die Hose und die Socken mit spitzen Fingern in Empfang und steckte sie in Frau Kleinschmitts Plastiktüte.

Papa zögerte einen Moment, bevor er aus dem Auto kletterte. Zu diesem Zögern hatte er auch allen Grund. Im Ernst, auf einer Faschingsveranstaltung wäre er mit seinem Aufzug auch nicht aufgefallen. Das blauweiß gestreifte Hemd sah ja ganz schick aus, das blaue Jackett auch. Aber dann kam eine pinkfarbene Jogginghose, die Papa gerade bis übers Knie ging. Evs Socken hatte er so hoch wie möglich gezogen, aber trotzdem sah man immer noch genug von seinen behaarten Beinen. Mama, Ev und ich brüllten vor Lachen, und schließlich mußte Papa auch grinsen.

»Ich hoffe, ich bin jetzt fein genug für die vornehme Verwandtschaft«, sagte er zu Mama, die sich vor Lachen den Bauch hielt.

Fünf Minuten später standen wir wieder in der Münchner Straße.

»Ich versteh das nicht«, wunderte sich Mama, »Sabines Auto ist immer noch nicht da. Wir steigen am besten mal aus und gucken uns bei den Nachbarn um. Vielleicht hat sie da eine Nachricht hinterlassen.«

Gerade, als ich vorschlagen wollte, doch so langsam wieder nach Hause zu fahren, hielt ein weißes Auto vor dem Gartentor. Mama guckte zuerst etwas ungläubig und stieß dann einen Schrei aus: »Sabiiine!« Die beiden mußten sich jahrelang nicht gesehen haben, so überschwenglich begrüßten sie sich.

»Ich hatte nicht geglaubt, daß ihr so zeitig kommt«, lachte Tante Sabine, »wir waren noch einkaufen, und irgendwie ist es wohl ein bißchen später geworden. Aber schön, daß ihr jetzt alle da seid.«

Papa, Ev und ich standen ziemlich dämlich herum, vor allem Papa, der dauernd an der Jogginghose zog, als hoffte er, sie dadurch etwas länger zu machen. Ein bißchen komisch schaute Tante Sabine schon, als Papa ihr die Hand reichte, aber bevor sie noch etwas sagen konnte, öffnete sich die Tür ihres Wagens. Heinzi! Das mußte er sein. Er war wohl ungefähr so alt wie ich. Aber das war die einzige Gemeinsamkeit, die ich feststellen konnte. Heinzi trug einen blauen Anzug, ein weißes Hemd und eine blaurot gestreifte Krawatte. So würde ich nicht einmal zu einer Schulfeier gehen! Ev kicherte schon. Und dann machte Heinzi doch tatsächlich vor Mama und Papa einen Diener. Er verneigte sich richtig.

Papa stutzte einen Moment. Er wußte wahrscheinlich gar nicht, wie er reagieren sollte, und so nuschelte er etwas wie: »Angenehm«. Als Heinzi mir die Hand gab, konnte ich einfach nicht anders: Ich kniff ihn. Ich weiß, das war gemein, aber ich wollte sehen, wie er reagierte.

Er gab keinen Laut von sich, sondern bot Mama an, die Koffer aus dem Auto zu holen. So ein Musterknabe! Wahrscheinlich verglich Mama uns schon miteinander und stellte fest, daß ihr Sohn noch nie freiwillig irgendwelche Koffer aus irgendwelchen Autos geholt hatte.

Das erste, was mir im Haus von Tante Sabine und Heinzi auffiel, war die Ordnung. Es schien, als ob hier überhaupt niemand wohnte. Bei uns zu Hause bekommt Mama zwar regelmäßig ihre Aufräumanfälle und rennt dann mit einem riesigen Korb durch die Wohnung. Sie droht, alles, was herumliegt und ihr in die Hände fällt, wegzuwerfen. Aber meistens tauchen die Sachen schon kurze Zeit später wieder auf.

Wenn Besuch kommt, schämt sie sich oft über die gräßliche Unordnung. Ich finde es aber viel gemütlicher so, als wenn alles so tipptopp aufgeräumt ist. Und außerdem: »Wer aufräumt, ist nur zu faul zum Suchen.«

Hier sah es so aus, als seien Heinzi und seine Mutter wirklich zu faul zum Suchen. Alles war an seinem Platz. Ich sah, daß Mama in einem unbemerkten Moment ihren Staubtest machte: Sie wischte mit dem Finger über den Türrahmen, und da lag tatsächlich kein bißchen Staub. Hier konnten sie uns beruhigt lassen, hier konnte man bestimmt vom Fußboden essen.

»Bevor ich euch die Zimmer zeige«, Tante Sabine hatte Ev und mich am Arm genommen, »wollen wir erst mal gemütlich Kaffee trinken.«

Und dann saßen wir also um den Kaffeetisch. Mama und Tante Sabine redeten, als würden sie dafür bezahlt.

Papa schwieg und starrte immer wieder auf seine Hosenbeine. Das hinderte ihn aber nicht daran, das vierte Stück Kuchen zu nehmen. Heinzi schwieg ebenfalls. Er aß äußerst gesittet, wischte sich immer den Mund an der Serviette ab und krümelte kein bißchen. Ich stieß Ev leicht in die Seite. Sie grinste mich wieder an. Na, dem Heinzi, diesem Musterkind, würden wir schon noch Ärger bereiten! Gerade hatte Mama ihn was gefragt, aber er antwortete natürlich nicht mit vollem Mund, sondern aß erst mal schön runter, wie es sich gehört. Außerdem kippelte er nicht mit dem Stuhl, wie das Ev bereits machte.

Mama signalisierte ihr mit einem Kopfschütteln, daß sie damit aufhören sollte, aber Ev reagierte einfach nicht. Recht hatte sie. In der Anwesenheit von Heinzi Musterknabe, so hatte ich ihn jetzt getauft, mußte man einfach etwas Verbotenes machen.

So krümelte ich unbekümmert auf den Teppichboden, bis Mama mir den Teller aus der Hand nahm und sagte: »Ich glaube, David hat jetzt genug gegessen. Die Kinder können ja mal die Zimmer ansehen und schon ein bißchen auspacken.«

Tante Sabine ging voraus, die enge Wendeltreppe hoch, die ins obere Stockwerk führte. Sie öffnete eine Tür und sagte: »Hier, Eva-Maria, kannst du es dir gemütlich machen. Und jetzt wollen wir dich noch unterbringen«, wandte sie sich an mich und lächelte. »Ich bin sicher, daß du dich mit Heinzi ganz hervorragend verstehen wirst.« Etwas betreten nickte ich. Ich konnte ihr nicht sagen, wie schrecklich doof ich ihren Heinzi fand. Jetzt wollte ich mir erst einmal mein Zimmer ansehen.

Komisch, da standen ja zwei Betten. Mir schwante Schreckliches. »Schläft Heinzi auch hier im Zimmer?« fragte ich. Tante Sabine nickte und sagte: »Ja, ich dachte, für euch Buben ist es doch toll, wenn ihr zu zweit seid. Hoffentlich heckt ihr aber keine Streiche aus.«

Das durfte doch nicht wahr sein! Jetzt mußte ich auch noch mit diesem Heinzi das Zimmer teilen. Wahrscheinlich würde ich nach drei Monaten genauso ein Musterknabe sein wie er und meine Klassenkameraden mit einem Diener begrüßen.

Ich hievte meinen Koffer auf den Schrank und rannte zu Ev, um ihr von meinem Schicksal zu berichten. Aber sie zeigte kein großes Mitleid.

»Na ja, bessere Manieren würden dir nicht schaden. Vielleicht färbt Heinzi ein bißchen auf dich ab«, meinte sie nur und drehte interessiert an den Knöpfen des Fernsehers herum, der in ihrem Zimmer stand.

Klar, das fand sie natürlich toll. Zu Hause gab's nämlich nur einen Fernseher im Wohnzimmer, und da mußte man immer fragen, ob man was angucken durfte. Hier sah meine liebe Schwester wohl schon herrliche Fernsehzeiten auf sich zukommen. Den Spaß würde ich ihr aber versalzen – ich wußte nur noch nicht, wie.

Erst mal mußten wir uns von den Eltern verabschieden. Am liebsten hätte ich ja geheult, aber weil ich glaubte, Heinzi könnte mich vielleicht sehen, verkniff ich es mir. Außerdem heulten Ev, Mama und Papa genug.

»Ich weiß nicht, ob es richtig ist, die Kinder hierzulassen«, schniefte Papa. Sollte er ruhig ein schlechtes Gewissen haben!

Mama zückte ihren Geldbeutel und meinte: »Also ausnahmsweise bekommt ihr jetzt mal euer Taschengeld im voraus. Bitte Ev, achte darauf, daß David nicht zuviel Süßigkeiten davon kauft und sich abends immer die Zähne putzt ...«

»... und daß er jeden Tag frische Socken anzieht und genügend Vitamine kriegt«, beendete Ev die Litanei. Das kannten wir schon. Manchmal waren sie ziemlich peinlich, diese ganzen Ermahnungen. Wie zum Beispiel beim letzten Schulausflug, als Mama das mit den Socken vor meiner ganzen Klasse sagte. Meine Freunde haben mich wochenlang damit aufgezogen. Wenn ich nicht mit meinem Taschengeld jede Menge Bonbons spendiert hätte, würden sie mich heute noch »Socke« rufen.

Ev und ich standen also ziemlich belemmert herum. Aber da kam Tante Sabine aus dem Haus und meinte ganz freundlich: »Wir schaffen das ganz bestimmt. Schließlich kenn ich mich mit Kindern aus. Das sieht man ja an Heinzi!« Da mußte ich schon grinsen.

»Also, dann wollen wir mal«, sagte Mama, schluckte und sah uns traurig an. »Wir schreiben uns gegenseitig und telefonieren miteinander. Und vergeßt nicht ...« Bevor sie den Satz zu Ende sprechen konnte, quietschten Reifen genau neben ihr. Vor lauter Schreck ließ Mama ihre Handtasche fallen. Ein schwarzer BMW der 7er-Reihe hatte direkt neben ihr gehalten. Und dann stieg da so ein Typ aus. Absolut scheußlich. Ev und ich starrten uns nur an. Der Mann hatte schwarze Haare und sah richtig schmierig aus.

»Na, meine Süße«, sagte er zu Tante Sabine, »hast du

die liebe Verwandtschaft bald los?« Dazu lachte er und tätschelte mir den Kopf.

»Finger weg!« knurrte ich, denn so was kann ich auf den Tod nicht leiden. Ich gehe ja auch nicht zu Erwachsenen, streiche denen über ihre Glatze und sage: »Nein, sind Sie aber niedlich!«

Den Mann schien meine Reaktion gar nicht zu stören. Er hatte den Arm um Tante Sabine gelegt und grinste immer noch.

»Ja, darf ich euch Jürgen Kremer vorstellen?« stotterte Tante Sabine. Es war ihr ziemlich peinlich; das merkte man ganz deutlich.

Mama und Papa sahen sich an. Wahrscheinlich überlegten sie auch gerade, ob das der rücksichtslose Autofahrer von vorhin gewesen war.

Herr Kremer sagte: »Ich kümmere mich ein bißchen um die Sabine und natürlich auch um Heinzi. Der braucht doch einen Vater!«

Vater, daß ich nicht lache! Den Typ als Vater? Fast tat mir Heinzi schon leid. Ein paar Sekunden standen alle schweigend vor dem Haus, bis Papa schließlich in die Hände klatschte und entschlossen sagte: »Also, es bleibt dabei. Wir fahren jetzt.«

3

Ja, und dann waren sie auch schon weg. Tante Sabine, ihr Freund und Heinzi waren ins Haus gegangen. Ev und ich standen noch auf dem Bürgersteig.

»Wie findest du den Kremer?« wollte Ev wissen. Bevor ich noch antworten konnte, rief er uns herein.

Er stand in der Diele und hatte eine leutselige Miene aufgesetzt. »Ich heiße Jürgen. Ihr könnt du zu mir sagen.«

»Nein danke, zu Erwachsenen sagen wir immer Sie«, flötete Ev, und ich nickte zustimmend. Zu diesem Menschen würde ich nie du sagen.

Er zuckte nur mit den Schultern und schlenderte ins Wohnzimmer.

»Das war genau die richtige Antwort«, lobte ich Ev. Dann mußte ich ein bißchen heulen, als ich an die drei vor uns liegenden Monate dachte. Obwohl Ev und ich oft stritten, war ich in diesem Augenblick doch froh, eine große Schwester zu haben.

Im Wohnzimmer saßen Tante Sabine, Herr Kremer und Heinzi vor dem Fernseher. Keiner sagte ein Wort, und wir gingen rasch auf unsere Zimmer. Als Heinzi nach einer Weile hochkam, hatte ich schon meine ganzen

Sachen ausgepackt und lag auf meinem Bett. Ich war immer noch traurig. Die Eltern auf dem Weg nach Afrika und ich in diesem langweiligen Bayrisch-Grön. Es war zum Sterben öde, das war mir jetzt schon klar. Heinzi hatte sich auf sein Bett gesetzt und starrte ebenfalls vor sich hin. Kein Wunder, in einem solchen Ort konnte man nur ein Langweiler werden!

Ich ertappte mich dabei, wie ich in der Nase bohren wollte. Gott sei Dank noch rechtzeitig fiel mir ein, daß ich nicht allein war. Der arme Heinzi hätte bestimmt einen Schock erlitten. So was machte dieser Musterknabe sicher nicht. Und wenn, dann nur heimlich und nachts, wenn es keiner sah. Ich mußte mich also drei Monate lang benehmen.

Ich hatte wohl laut geseufzt, denn Heinzi meinte voller Bedauern: »Das ist schon hart für euch. Das kann ich mir vorstellen.« Ich nickte nur und schwieg weiter.

Wahrscheinlich hätte ich noch den ganzen Nachmittag geschwiegen, wenn nicht plötzlich ein Gong ertönt wäre. »Das ist das Zeichen, daß es bei uns was zu essen gibt«, freute sich Heinzi.

Ich guckte ihn mitleidig an. Für wie blöd hielt der mich eigentlich? Darauf wäre ich schon selber gekommen. Heinzi rannte doch tatsächlich vor dem Essen ins Bad, um sich die Hände zu waschen. Na ja, ich ging eben mit. Einmal am Tag Händewaschen, das sah ich gerade noch ein. Hoffentlich kontrollierte Tante Sabine nicht die Fingernägel. Vorsichtshalber bürstete und schrubbte ich die Trauerränder von bestimmt drei Tagen weg.

Als wir das Eßzimmer betraten, war genau das passiert, was ich befürchtet hatte: Am Tisch saß Herr Kremer und grinste ziemlich unverschämt. Er hatte sich jede Menge Gulasch und Nudeln auf den Teller gehäuft. Eigentlich hatte ich den Verdacht, daß er sich schon die zweite Portion geholt hatte, denn in der Schüssel, die auf dem Tisch stand, war nicht mehr sehr viel. Schweigend setzten wir uns und fingen an zu essen. Ja, und weil niemand redete, konnte man es ganz genau hören: Dieser Herr Kremer schmatzte. Und wie der schmatzte! Papa und Mama hätten so einen schon längst vor die Tür gesetzt, denn wenn sie etwas nicht leiden konnten, dann waren das schlechte Tischmanieren.

»Ihr sollt euch überall zu benehmen wissen«, sagte Papa immer und übte mit uns das geräuschfreie Essen. Bei Pudding übte ich immer besonders gerne.

Jetzt war es auch Tante Sabine aufgefallen. »Hm«, räusperte sie sich, »wie gefällt es euch beiden denn bisher?« Klar, sie hoffte, durch ein Gespräch die Schmatzerei dieses Herrn Kremer zu übertönen.

Aber der mischte sich sogleich ein: »Dasch schieht man doch«, mampfte er mit vollem Mund, »den beiden gehtsch groschartig.«

Ev bekam vor Lachen einen Hustenanfall und rannte raus. Ich hatte auch Schwierigkeiten, ernst zu bleiben. Dieser Mann war ja eine echte Witzfigur!

Komisch war die Reaktion von Heinzi. Er saß da und tat so, als hätte er gar nichts bemerkt. Ich hatte den Eindruck, er träumte vor sich hin. Das verstand ich völlig, und ich beschloß, mich den Rest der Mahlzeit nach

Afrika zu träumen, weg von schmatzenden, unsympathischen Kremers und langweiligen Heinzis.

Nach dem Abendessen saßen wir noch ein Weilchen vor dem Fernseher. Zwar war das eindeutig ein Film für Erwachsene, aber auch Heinzi Musterknabe schien den alten Trick zu kennen: Man muß nur so tun, als ob man gar nicht da wäre. Also setzten wir drei uns unauffällig neben das Sofa. Auf dem thronte natürlich Herr Kremer – Tante Sabine war in der Küche, um abzuwaschen –, und in dieser Position blieben wir, solange es irgendwie ging.

»Verdammt, ich muß mal pinkeln«, flüsterte Ev mir zu.

»Jetzt nicht, der merkt sonst, daß wir noch da sind«, gab ich empört zurück. Jetzt wurde es gerade spannend. Wir guckten nämlich einen Krimi. Typisch Ev. Dabei hatte sie doch einen Fernseher in ihrem Zimmer. Vielleicht konnte man da weitergucken.

»Aber Kinder, seid ihr immer noch hier?« Das war Tante Sabine, die mit dem Küchentuch in der Hand an der Tür stand. Sie schüttelte ärgerlich den Kopf. »Ich habe doch euren Eltern versprochen, daß ihr hier nicht soviel fernsehen dürft. Und für Heinzi ist dieser Film auch nichts.«

Heinzi guckte ganz schuldbewußt, und wir räumten das Feld. Ich zwinkerte Ev vielsagend zu. »Du kriegst auch was von meinen Vorräten ab«, versprach ich ihr. Sie nickte. Wahrscheinlich war sie froh, wenn sie den Film nicht allein zu Ende schauen brauchte. Ev kriegt nämlich immer so leicht Angst, wenigstens bei Filmen.

Heinzi stand in der Zwischenzeit unschlüssig vor seiner Zimmertür. »Kommst du jetzt?« wollte er wissen. Ich hatte natürlich keine Lust, dem lieben Heinzi auf die Nase zu binden, daß ich in Evs Zimmer den Film weiterschauen wollte, und sagte deshalb nur: »Zuerst gehe ich mal ordentlich Zähne putzen!«

Das saß. Er guckte nur bewundernd und verschwand in seinem Zimmer. Zum Zähneputzen reichte es mir natürlich nicht. Ev hatte den Fernseher bereits angestellt. »Vielleicht kommst du endlich und hilfst mir, den richtigen Sender zu finden!« fauchte sie mich an. Und dann suchten wir. Nach fast einer halben Stunde war klar, daß der Fernseher in Evs Zimmer eine ganz schöne Gemeinheit war. Außer Bayern 3 – die brachten gerade Telekolleg Physik – war überhaupt kein anderer Sender zu empfangen. Da saßen wir nun. »Immerhin«, meinte Ev schließlich, »haben wir einen halben Krimi gesehen. Das hätten wir zu Hause nicht so einfach geschafft.«

Durchdringendes Hahnengeschrei weckte mich am nächsten Morgen. Es dauerte eine ganze Weile, bis mir klar wurde, daß es sich um einen echten Hahn handelte und nicht um einen Wecker, den man ausstellen konnte. Komisch, Heinzis Bett war leer. Sollte dieses Musterkind auch noch ein Frühaufsteher sein? Vorsichtig stand ich auf und öffnete leise die Tür. Außer mir schien niemand wach zu sein; alles war völlig ruhig. Aber wo steckte Heinzi denn so früh an diesem Sonntagmorgen? Ich wollte gerade die Treppe hinuntergehen, um mir in der Küche ein Glas Milch zu holen, da sah ich ihn!

Heinzi, dieses Vorbild, dieser Musterknabe, kniete vor

der Wohnzimmertür und versuchte angestrengt, durchs Schlüsselloch zu gucken. An Türen zu lauschen und durch Schlüssellöcher zu kiebitzen, also nein, das ist das Letzte!

Ich räusperte mich leise, und Heinzi fuhr herum. Er war kreidebleich im Gesicht. »Was machst du denn da?« fragte ich flüsternd. Heinzi zuckte nur die Achseln und huschte an mir vorbei.

Jetzt war ich neugierig geworden. Vorsichtig schlich ich die Treppe ganz hinunter und näherte mich der Wohnzimmertür. Und dann machte ich das gleiche wie Heinzi. Ich guckte durch das Schlüsselloch. Tatsächlich, vor dem kleinen Schreibtisch neben dem Fenster saß jemand und kramte in den Schubladen.

Du lieber Himmel, ein leibhaftiger Einbrecher, und so was in Bayrisch-Grön! Was sollte ich jetzt bloß machen? Und warum hatte Heinzi nichts unternommen? Ich merkte, wie meine Hände vor lauter Angst feucht wurden. Sollte ich jetzt losschreien? Aber wenn der Typ bewaffnet war? Vorsichtig spähte ich ein zweites Mal durch das Schlüsselloch. Jetzt stutzte ich aber: Der Mann am Schreibtisch hatte doch tatsächlich den geblümten Schlafanzug an, den wir nachmittags auf der Wäscheleine gesehen hatten. Seit wann klauten Einbrecher Schlafanzüge?

Bevor ich noch weiter darüber nachdenken konnte, wandte sich der Fremde um und blickte genau zur Tür. Fast hätte ich einen Schrei ausgestoßen. Das Gesicht kannte ich doch! Der Mann hatte zwar eine Glatze, eine spiegelblanke sogar, aber es war Jürgen Kremer. Da war ich mir ganz sicher! Tagsüber mußte er wohl ein Toupet getragen haben. Fast hätte ich laut aufgelacht, da hörte ich Schritte auf der Treppe.

»Ja, David, was ist denn mit dir los?« Erschrocken sprang ich auf. So was Blödes! Da stand Tante Sabine in *ihrem* geblümten Schlafanzug direkt vor mir und wartete auf eine Erklärung. Jetzt ging auch noch die Tür auf, und Herr Kremer kam heraus.

Hier half nur eines: Ich mußte mich dumm stellen. Ev behauptet immer, mir würde das überhaupt nicht schwerfallen, aber jetzt mußte ich doch zaubern. Ich lallte etwas Unverständliches, legte mich auf den Boden, griff nach dem Läufer und deckte mich damit zu. Dann stellte ich mich schlafend.

»Ach Gott, der arme Junge, er ist Schlafwandler«, sagte Tante Sabine. »Ich kann mich erinnern, daß seine Mutter das auch hatte, als sie noch klein war. Wie gut, daß er nicht aus dem Haus gegangen ist. Na, am besten du bringst ihn wieder nach oben.«

Vorsichtig blinzelte ich und drehte mich dann mit einem Grunzen auf den Bauch. Herr Kremer hob mich auf und trug mich zurück in Heinzis Zimmer. Das gönnte ich ihm! Ich wiege immerhin schon 35 Kilo, und die Treppe ins Obergeschoß ist ziemlich steil. Ich hörte ihn leise fluchen: »Verdammter Kerl!« Mehr konnte er nicht sagen, denn Tante Sabine war direkt hinter ihm, und außerdem ging ihm so langsam die Puste aus. Er schnaufte wie ein Walroß, als die beiden mich endlich wieder ins Bett gepackt hatten.

Da konnte ich es mir nicht verkneifen: »Blödmann«,

murmelte ich und lächelte. »Ach Gott, er spricht im Schlaf«, flüsterte Tante Sabine, »wahrscheinlich träumt er gerade.« Herr Kremer lächelte süßsauer. »Ja, wahrscheinlich«, meinte er nur. Tante Sabine deckte Heinzi und mich warm zu und schloß beim Hinausgehen leise die Tür.

Es herrschte völlige Stille im Raum. Schlief Heinzi? Ich öffnete die Augen und sah, daß er wach war. Eine Weile lang sahen wir uns nur an; keiner sagte ein Wort. Die Kirchturmuhr schlug. Es mußte wohl fünf oder sechs Uhr sein. Wenn das Schweigen so weitergeht, dachte ich mir, dann schlafe ich wieder ein.

»Was ist denn hier überhaupt los?« fragte ich schließlich. »Hier stimmt doch irgend etwas nicht. Los, jetzt red schon!«

Aber von Heinzi kam kein einziges Wort. Trotzig preßte er die Lippen zusammen. Na gut, dachte ich mir, wenn er nicht will. Ich schlief wieder ein und wachte erst auf, als Ev mich am linken Fuß kitzelte. Es war schon halb elf.

Der Sonntag war wie ein typischer Sonntag verlaufen. Spätes Frühstück, kaltes Mittagessen, weil Tante Sabine keine Lust zum Kochen hatte, und eine ausgedehnte Mittagsruhe, in der wir Kinder uns furchtbar langweilten. »Bitte seid ruhig!« hatte Tante Sabine gesagt. »Wir müssen unbedingt einen Mittagsschlaf halten.« Klar, wenn man zu nachtschlafender Zeit aufsteht, ist man logischerweise mittags müde.

Danach kam der Sonntagnachmittags-Spaziergang, den wir unseren Eltern schon längst abgewöhnt haben.

Aber Sabine und Heinzi hielten daran fest, und so mußten wir durch halb Bayrisch-Grön spazieren.

Wir waren nicht die einzigen. Ich hatte den Eindruck, daß das halbe Dorf unterwegs war. Andauernd grüßte jeder jeden.

»Da vorne ist eure Schule«, sagte Sabine und zeigte uns ein langgestrecktes Gebäude mit blauweißen Fensterläden. Um die Schule von außen zu sehen, dazu hätte man keinen Spaziergang machen müssen. Wir würden sie am nächsten Tag noch früh genug kennenlernen. Bei dem Gedanken mußte ich doch seufzen. Ach wie schön wäre jetzt Afrika gewesen ... Und die ganze Zeit trottete Tante Sabines Freund neben uns her. Er hatte seine Versuche, ein Gespräch mit Ev und mir zu beginnen, längst aufgegeben. Wir hatten einfach immer nur ganz höflich mit ja und nein geantwortet. Irgendwann merkt auch der blödeste Erwachsene, daß man nicht mit ihm reden will.

Heinzi redete übrigens auch nicht mit Herrn Kremer, und so konnte er nur Tante Sabine mit seinem Geschwätz langweilen. Auf dem Nachhauseweg gab er ständig mit den tollen Autos an, die er in den letzten Jahren besessen hatte. Tante Sabine guckte ganz glücklich dabei. Das wunderte mich. Weshalb ist sie glücklich, wenn er von zwölf Zylindern und elektronischer Einspritzung redet, überlegte ich mir. Ich mußte unbedingt mit Ev über mein Erlebnis von heute morgen reden.

Andererseits konnte Ev selten ihren Mund halten. Wahrscheinlich hätte sie sich verplappert. Unauffällig musterte ich Tante Sabines Freund. Sein Toupet saß gut, das mußte man ihm lassen. Niemand hätte vermutet, daß sich darunter eine spiegelblanke Glatze befand. Wenn jetzt ein ordentlicher Sturm gekommen wäre, ja dann wäre Herr Kremer plötzlich oben ohne dagestanden.

Bei diesem Gedanken hatte ich wohl laut aufgelacht, denn alle sahen mich erstaunt an. »Schön«, meinte Tante Sabine, »daß du dich bei uns schon so wohl fühlst.« Ich nickte nur leicht betreten. Ev sah mich fragend an. Ich zwinkerte ihr mal wieder zu, so wie wir das immer machten, wenn es etwas Wichtiges zu besprechen gab. Sie zwinkerte zurück, sechsmal insgesamt. Das hieß: Wir treffen uns um sechs Uhr. Herr Kremer sah uns merkwürdig an und fragte: »Was ist denn mit unseren beiden Freunden los? Die blinzeln ja dauernd.«

Wieder mal half nur eine Notlüge. »Irgendwie hat das mit der Landluft hier in Bayrisch-Grön zu tun«, behauptete Ev. »Ich sehe plötzlich alles so verschwommen.«

»Ihr zwei solltet euch ein bißchen ausruhen«, schlug Tante Sabine vor. Das war eine gute Idee, fand ich. So konnte ich vielleicht unauffällig mit Ev Kriegsrat halten.

Heinzi saß mit Tante Sabine und Herrn Kremer mal wieder vor dem Fernseher, als ich mich leise in Evs Zimmer schlich.

»Also, ich glaube, ich bin da einer interessanten Sache auf der Spur«, fing ich an und erzählte ihr von Herrn Kremers Glatze.

»Ich halte das für die typisch männliche Eitelkeit«, lachte Ev, »wahrscheinlich schminkt sich dieser Mensch auch noch heimlich. Wenn ich dagegen an Lars denke …«

Bevor sie mir wieder Loblieder auf ihren Verehrer singen konnte, unterbrach ich sie. »Ja, aber heute früh, was ich da gesehen habe, das war doch sehr merkwürdig. Und Heinzis Verhalten kommt mir auch sehr sonderbar vor. Er ist …«

»Was ist sonderbar?« Die Tür war aufgegangen, und da stand Heinzi. Ev und ich starrten uns entsetzt an. So was Blödes!

»Bestimmt hast du wieder gelauscht!« Das sagte ich ihm auf den Kopf zu. Heinzi wurde rot im Gesicht und sagte: »Ich will jetzt wissen, was sonderbar ist. Sonst …«, er sah uns triumphierend an, »sonst verrate ich alles meiner Mutter.«

»Ich dachte mir gleich, daß du auch noch eine Petze bist«, sagte Ev und bohrte nachdenklich mit dem Finger in der Nase.

Heinzi musterte sie nur. Dann sagte er wieder: »Jetzt will ich endlich wissen, was sonderbar sein soll, und wenn ihr mir das nicht sofort sagt, dann …« Es fiel ihm wohl keine geeignete Drohung ein, denn er beendete diesen Satz nicht. Eigentlich sah er sogar ziemlich hilflos aus.

Andererseits, wenn ich mir überlegte, was passieren würde, wenn Tante Sabine von meiner Spioniererei erfahren würde, vielleicht würden wir dann doch noch nach Simbaba, also jedenfalls nach Afrika geschickt.

Aber Ev, typisch für sie, konnte wieder mal den Mund nicht halten. In fünf Minuten hatte sie Heinzi alles erzählt. Natürlich auch von der Glatze, und daß wir sein Verhalten diesem Herrn Kremer gegenüber sehr komisch fanden, daß wir überhaupt den ganzen Herrn Kremer sonderbar fanden.

Heinzi setzte sich aufs Bett und sah uns lange an. Ja, und dann passierte etwas sehr Merkwürdiges: Heinzi heulte. Er heulte nicht nur, er schluchzte. Die Tränen liefen ihm über seine Backen. Er wischte sie nicht einmal weg. Ev tätschelte seine Schulter. Du lieber Himmel, das wurde ja das reinste Drama hier. Einen Moment lang stellte ich mir vor, Tante Sabine käme herein und würde denken, wir hätten ihren Heinzi geärgert oder gehauen, oder so was.

Es war auf alle Fälle ziemlich unangenehm, weil Heinzi gar nicht mehr aufhörte, und wir wußten nicht, was wir machen sollten. Schließlich gab Ev ihm einen nassen Waschlappen. Das hilft bei Nasenbluten, Verstauchungen, Wespenstichen und so weiter. Weshalb sollte es also nicht auch bei heulenden Jungs helfen?

Aber Heinzi hatte sich endlich beruhigt. Er putzte sich die Nase, schniefte noch zweimal und fing dann an zu erzählen. Zuerst langsam und zögernd, aber dann überstürzten sich seine Worte, so als habe er schon lange darauf gewartet, endlich jemandem davon berichten zu können.

»Also, ich bin schuld, wenn das nicht klappt, sagt meine Mama immer«, begann er.

Ev blickte ihn verständnislos an. »Woran bist du denn schuld?« fragte sie.

»Na, daß die Mama mich hat, aber keinen Mann, also nicht verheiratet ist. Ich bin nämlich so ein Klotz am Bein bei ihr. Viele Männer würden Mama heiraten, aber wenn sie mich dazu nehmen müssen, dann wollen sie nicht mehr.«

Nach und nach erfuhren wir seine ganze Geschichte, und die sah so aus:

Heinzi hatte ein furchtbar schlechtes Gewissen, weil Tante Sabine immer so tat, als sei es eine Schande, daß sie nicht verheiratet war, und schuld daran sei Heinzi. Deshalb benahm er sich auch wie ein Musterknabe, um mögliche Heiratskandidaten nicht abzuschrecken. Und jetzt hatte Tante Sabine seit zwei Monaten diesen Herrn Kremer als Freund. »Das scheint wirklich was zu werden mit dem Heiraten. Mich will Herr Kremer dann ins Internat stecken. Kinder sind ihm zu anstrengend«, schloß Heinzi und sah dabei ganz unglücklich aus.

Jetzt schwiegen wir alle.

Nach einer Weile fing Ev an: »Also erstens ist es doch nicht schlimm, wenn man nicht verheiratet ist. Die Mutter von meinem Freund Lars ist auch nicht verheiratet, und trotzdem ...« Ich gab ihr einen Tritt vors Schienbein. Das letzte, was wir jetzt noch brauchen konnten, war eine von diesen Lars-Geschichten. Ev schüttelte beleidigt den Kopf. Dann fuhr sie fort: »Zweitens ist es doch eine wichtige Frage, ob du Herrn Kremer überhaupt als Vater willst. Es ist ja nicht nur seine Entscheidung, sondern auch deine.«

Heinzi nickte eifrig. »Also wißt ihr, ich mag den überhaupt nicht. Manchmal denke ich, daß irgendwas mit ihm nicht stimmt.«

»Deshalb hast du heute morgen spioniert?« fiel ich ihm ins Wort.

»Ja«, sagte Heinzi, »und dann hatte ich Angst, du würdest meiner Mutter etwas sagen, und die würde es wieder dem Kremer sagen, und dann ...« Heinzi guckte wieder ziemlich trübsinnig.

»Ja aber das wäre doch optimal«, rief Ev. »Dann wärst du diesen Menschen ganz schnell los.«

»Von wegen optimal«, Heinzi schluckte zweimal, »meine Mutter hat mir angedroht, wenn's diesmal nichts wird mit der Hochzeit, dann hätte das schlimme Folgen.«

Au weia, das war natürlich eine ernste Sache. Da konnte ich Heinzi ganz gut verstehen, daß ihm das Kummer machte, entweder Herrn Kremer als Vater zu bekommen und ins Internat zu müssen oder »schlimme Folgen« auszubaden, was immer Tante Sabine darunter verstehen mochte.

»Also, wir müssen was unternehmen«, schlug ich vor. Ev feixte: »Schlauberger, darauf wäre ich nie gekommen.« Schon waren wir wieder im schönsten Streit. Der arme Heinzi saß nur da und schaute verstört. Dann entspannte sich seine Miene, und er sagte: »Hört mal her, wenn ihr mir helfen wollt, dann bestimmt nicht mit eurer Streiterei!«

Da hatte er nun wirklich recht, und Ev und ich reichten uns die Hand. »Frieden«, sagte Ev, »aber nur so lange, bis wir Heinzis Problem gelöst haben«, fügte sie hinzu. Ich verkniff mir eine Antwort. Der Klügere gibt bekanntlich nach.

»Als erstes«, sagte Heinzi, »müssen wir unseren Freund beschatten. Ich bin ganz sicher, daß er irgendwas zu verbergen hat.«

Ich mußte lachen und sagte: »Ja, eine Glatze!« Wir kicherten alle drei. Ich wurde als erster wieder ernst.

»Heinzi hat völlig recht«, sagte ich, »wir müssen ihn beschatten. Am besten teilen wir uns auf. Jeder von uns ist heute nacht zwei Stunden dran und weckt dann einfach den nächsten. Tagsüber haben wir ihn sowieso unter Kontrolle. Er drängt sich uns ja förmlich auf.«

»Und wenn wir in der Schule sind, was ist dann?« fragte Heinzi.

»Vielleicht arbeitet er ja auch mal was«, meinte Ev.

Heinzi schüttelte den Kopf. »Nein, der sitzt den ganzen Tag hier rum, und ab und zu telefoniert er.«

»Na gut«, sagte Ev, »ein gewisses Risiko müssen wir eingehen. Vielleicht kann ja einer von uns mal die Schule schwänzen. Nur zur Überwachung von Herrn Kremer«, fügte sie hinzu, als sie Heinzis entsetztes Gesicht sah.

»Na ja, es geht vielleicht auch so«, meinte ich, um Heinzi ganz zu beruhigen.

Wir teilten die Nachtwachen ein und beschlossen, uns schlafen zu legen, um nachts fit zu sein.

Als wir in Heinzis Zimmer gingen, konnte ich es mir nicht verkneifen zu sagen: »Weißt du, Heinzi, Ev und ich mochten dich eigentlich gar nicht. Immer wurde uns gesagt, was du für ein braver Junge bist, ein … ja, eben ein richtiger Musterknabe.« Als ich Heinzis Gesicht sah, hätte ich das letzte Wort am liebsten zurückgenommen. Heinzi sah nämlich ganz unglücklich aus.

»Ich weiß«, flüsterte er, »eigentlich wäre ich auch lieber anders, aber ich trau mich eben nicht so richtig. Ich bin doch an allem schuld.«

Hoffentlich fing er jetzt nicht wieder an zu heulen. Ich

packte ihn am Arm und zog ihn ins Zimmer. »Laß mal, Heinzi, wenn du eine Weile mit Ev und mir zusammen bist, dann wird das schon noch richtig.«

Heinzi schaute mich hoffnungsvoll an. »Ja, sicher«, bekräftigte ich, »das wird schon werden.« In Wirklichkeit glaubte ich natürlich nicht unbedingt daran. Aber der Satz »Das wird schon werden« war von Mama und Papa, und immer, wenn nichts anderes mehr half, sagten sie diesen Satz.

Und merkwürdig, bei Heinzi schien er auch zu nützen, denn zehn Minuten später war er eingeschlafen.

Ich beobachtete gerade einen Löwen mitten im afrikanischen Busch, als mich etwas am Arm packte. Eine Schlange vielleicht? »Psst, du Langschläfer, glaubst du, ich halte noch lange Wache?« Das war Ev, die mich jetzt ziemlich unsanft wachrüttelte. Schlaftrunken setzte ich mich auf. Ja, richtig, ich war ja gar nicht in Afrika. Es war nur ein schöner Traum gewesen. Ich lag in Bayrisch-Grön im Bett neben Heinzi, der ein bißchen schnarchte. Vor mir stand meine Schwester und trat ungeduldig von einem Bein aufs andere. »Jetzt beeil dich mal, mir ist saukalt!« Klar, ich war dran, unseren Freund zu beschatten. »Besondere Vorkommnisse?« erkundigte ich mich.

Ev schüttelte den Kopf und gähnte herzhaft.

Ich zog meinen Jogginganzug über, schnappte mir die Taschenlampe, eine halbe Tafel Erdnußschokolade – die hatte Mama mir noch als kleine Überraschung eingepackt – und schlich in die Diele. Hinter den Mänteln machte ich es mir bequem. Das hört sich ganz nett an, in

Wirklichkeit war es aber furchtbar unbequem; ich mußte zusammengekrümmt auf dem Boden sitzen.

Durch das Dielenfenster fiel helles Licht. Es war Vollmond. Aber die Zeit verging nicht. Ich begann, Gedichte aus der Schule aufzusagen, natürlich nur leise. Irgendwie mußte ich mich ja wach halten. Normalerweise fand ich es immer ganz toll, länger aufzubleiben. Aber hier allein in der kalten Diele zu sitzen und auf irgendwas zu warten, war alles andere als toll. Ich wußte ja nicht mal, auf was ich wartete.

Wahrscheinlich schlief unser Freund Kremer jetzt schön in seinem warmen, weichen Bett, während ich … Es war einfach ungerecht. Eigentlich hatte ich gar keine Lust mehr auf Detektivspiele.

Dann muß ich wohl eingeschlafen sein. Denn als ich wieder auf die Uhr schaute, war es schon halb fünf. Heinzi hätte mich schon längst ablösen müssen. Ziemlich benommen tappte ich in unser Zimmer.

»Los, Heinzi, du bist dran.« – Aber wo war Heinzi? Das Bett war leer. Vorsichtig faßte ich das Kissen an. Nein, er hatte sich nicht darunter versteckt. Bei Heinzi konnte man ja nie so genau wissen; vielleicht hielt er das für lustig.

Von Heinzi weit und breit keine Spur! Inzwischen war ich hellwach geworden. Irgend etwas mußte passiert sein.

»Ev, wach auf, Heinzi ist verschwunden!« Ich versuchte, meine Schwester wachzurütteln, aber umsonst. Ev schlief gewöhnlich wie ein Murmeltier, erst recht hier in der bayrischen Landluft. Jetzt war ich wirklich ratlos. Ich durchsuchte das Badezimmer, schaute im Wohnzimmer nach, leuchtete ins Eßzimmer, aber keine Spur von Heinzi.

»Was mach ich jetzt bloß?« überlegte ich laut. Ja, ich mußte Tante Sabine informieren. Immerhin war es ihr Sohn, und man wußte ja nie …

Ein bißchen weiche Knie hatte ich schon, als ich an der Schlafzimmertür klopfte. Vielleicht käme jetzt Herr Kremer heraus, und dann müßte ich ihn bitten, uns bei der Suche nach Heinzi zu helfen.

Ich klopfte noch mal vorsichtig, und dann ging auch schon die Tür auf. Tante Sabine guckte erschrocken: »Was ist los?« wollte sie wissen.

Da war er. Da lag doch tatsächlich dieser Heinzi im großen Doppelbett von Tante Sabine und schnarchte leise vor sich hin, dieses Muttersöhnchen.

Am liebsten hätte ich ihn geweckt und ihm den Hintern versohlt. Dazu gefährdete ich unseren schönen Beschattungsplan, nur weil dieser Junge nachts noch zu Mama ins Bett kriecht. Tante Sabine starrte mich an. Sie sagte: »David, was ist denn los? Nun rede doch!«

Ich beschloß, wieder einen auf Nachtwandler zu machen, guckte sie nur groß an und drehte mich dann um. Ohne mich umzusehen, ging ich in mein Zimmer zurück.

4

Als ich das nächste Mal aufwachte, herrschte im Haus mittlere Hektik. Ev stand vor meinem Bett und spottete: »Na, du hast ja toll Wache gehalten. Unser Freund ist ausgeflogen, und du weißt von gar nichts.«

Das konnte ich mir nicht gefallen lassen. Klar, ich war bei der Wache eingeschlafen. Das gab ich ja zu. Viel schlimmer war doch, daß Heinzi sich um die Wache gedrückt hatte. Ich erzählte Ev, was heute nacht alles passiert war.

Da kam Heinzi ins Zimmer. Er wirkte ziemlich kleinlaut und sagte: »Ich verstehe es auch nicht. Irgendwie bin ich heute nacht wohl im Bett meiner Mutter gelandet. Aber ich schwör's euch, ich weiß nicht, wie ich da hingekommen bin.«

»Wahrscheinlich hat dich Herr Kremer hingetragen«, höhnte Ev.

Heinzi war wieder mal den Tränen nahe.

»Es hat keinen Zweck, wenn wir uns jetzt streiten«, sagte ich. »Erstens ist unser Freund nicht da, das stimmt. Aber wir können's nicht ändern, und außerdem …«

»Außerdem haben wir jetzt gleich Schule und müssen erst mal frühstücken«, beendete Ev den Satz. Damit hatte sie ohne Zweifel recht.

Eigentlich ist es ja eine spannende Sache, an eine neue Schule zu kommen. Aber an diesem Vormittag interessierte mich viel mehr die Frage, wo Herr Kremer war und warum er mitten in der Nacht das Haus verlassen hatte. Tante Sabine hatte beim Frühstück ziemlich bedrückt gewirkt, und fast tat es mir leid, daß sie sich wegen mir auch noch Sorgen machte. »Also, David, deine Nachtwandlerei gefällt mir gar nicht. Wir werden in Zukunft die Haustür abschließen, damit du uns nicht versehentlich auf die Straße läufst«, hatte sie noch gesagt, bevor wir zur Schule gingen. Ev grinste. Dabei war doch Heinzi der echte Schlafwandler ...

Gedankenverloren malte ich Männer mit und ohne Glatze auf mein Heft. Herr Schneckenburger, der Mathematiklehrer, ließ gerade Heinzi an der Tafel die Hausaufgaben vorrechnen und schlenderte durch die Klasse. Hatte er mich was gefragt? Ich war unsicher, ob er mich gemeint hatte.

Die ganze Klasse lachte jetzt, anfangs leise, kichernd, dann aber immer lauter. Ich wünschte mich ganz schnell wieder nach Hause. Sicher lachten sie wegen mir, aber ich verstand nicht, warum.

Nun stand Herr Schneckenburger direkt vor mir. Als ich vorsichtig den Blick hob und ihn ansah, fiel bei mir der Groschen. Herr Schneckenburger hatte nämlich eine spiegelblanke Glatze. Jetzt wußte ich auch, wen die anderen vorhin mit »Nacktschnecke« gemeint hatten. Ich Idiot hatte an Biologieunterricht gedacht.

Herr Schneckenburger deutete mit spitzem Finger auf

meine Zeichnungen. »Und wie darf ich das verstehen, junger Mann?« Junger Mann, das war seine Lieblingsanrede. Wahrscheinlich konnte er sich die Namen der Schüler nicht merken. Was sollte ich sagen?

»Und wie darf ich das verstehen, junger Mann?« Er hatte seine Frage wiederholt. Das fing ja wunderbar an. Wahrscheinlich würde ich gleich zum Direktor bestellt, dann ein Gespräch mit den Eltern – na, die waren ja Gott sei Dank nicht erreichbar. Aber Tante Sabine würde auch Ärger machen. Hilfesuchend blickte ich mich um. Zu Hause, in meiner alten Schule, hätte schon längst einer meiner Freunde eine Hilfsaktion gestartet und den Lehrer irgendwie abgelenkt. Aber hier glotzten mich alle nur an, neugierig, was jetzt wohl passieren würde.

Herrn Schneckenburgers Zeigefinger kreiste immer noch über meinem Heft. Verflixt, warum hatte ich auch so riesige Glatzköpfe gemalt. »Ich … ich …« begann ich stotternd. Es fiel mir aber wirklich keine Ausrede ein. Was für einen Grund konnte man haben, lauter glatzköpfige Männer auf sein Matheheft zu malen? Da mußte sich der Lehrer doch verarscht vorkommen. Ich saß also völlig ratlos da – das passiert mir recht selten. Die Klasse hielt voller Erwartung fast den Atem an. Heinzi stand an der Tafel und glotzte nur.

Da geschah etwas sehr Merkwürdiges. Im Gesicht von Schneckenburger zuckte es. Zuerst kaum wahrnehmbar, dann immer mehr, und schließlich konnte er sich kaum noch beherrschen. Er brüllte fast vor Lachen. Die Klasse hatte zuerst zögerlich, dann aber immer stärker mit eingestimmt. Am Schluß hörte man in der ganzen Schule das Gelächter der 4. Klasse.

Toll, dachte ich mir, der Mann hat Humor. Ich beschloß, ihn niemals Nacktschnecke zu nennen.

»Erzähl das bloß nicht weiter!« warnte ich Heinzi auf dem Nachhauseweg. »Tante Sabine macht sich sonst bloß noch mehr Sorgen.«

Heinzi schien sich nicht sehr für mein Erlebnis mit Herrn Schneckenburger zu interessieren. Er kaute auf seiner Unterlippe und seufzte: »Wir müssen jetzt endlich rauskriegen, was mit Mamas Freund los ist. Sonst komm ich bestimmt bald ins Internat.«

»Du bist witzig. Verpennst die Wache im Bett deiner Mutter ...«, fuhr ich ihn an. Aber bevor wir uns wieder in die Haare kriegen konnten, kam Ev angerannt.

»Hört her, wir fangen das jetzt wie echte Profis an«, schlug sie vor. »Zuerst mal bekommt unser Opfer einen Namen. Ich schlage vor ...«

Ev zögerte. Ihr fiel wohl kein passender Name ein. »Ihr könnt ruhig auch mal was tun. Ich war ja die einzige, die heute nacht ordentlich Wache gehalten hat. Also denkt euch mal einen ordentlichen Tarnnamen aus. Damit nicht jeder Lauscher gleich weiß, von wem die Rede ist.«

»Spitzmaus«, schlug Heinzi vor.

»Nein«, sagte Ev, »Spitzmäuse mag ich.«

»Hamster«, schlug ich vor.

»Schon besser, dabei bleiben wir!« sagte Ev in einem Ton, der keinen Widerspruch duldete.

»Deckname ›Hamster‹«, sagte ich. »Dann wollen wir mal sehen, was dieser Hamster so alles treibt.«

Zu Hause war von Tante Sabine und auch von Kremer nichts zu sehen. Auf dem Herd stand ein großer Topf Spaghetti, und auf dem Tisch lag ein Zettel:

Laßt's Euch schmecken.
Mußte noch mal schnell weg.
Kuß Sabine

»Wie sollen wir unser Opfer eigentlich beschatten, wenn es nie da ist?« fragte Heinzi, nachdem er den dritten Teller Spaghetti leergefuttert hatte.

»Blödmann!« Ev sah ihn mitleidig an. »Wir müssen halt herauskriegen, wo er die ganze Zeit steckt. Und dazu legen wir jetzt Aufgaben fest. Die muß jeder«, sie blickte Heinzi und mich streng an, »die muß wirklich jeder erfüllen!«

Drei Tage später waren wir immer noch nicht weiter. Weder besaß ich ordentliche Fingerabdrücke von Kremer, noch hatten unsere nächtlichen Beschattungen etwas gebracht. Es war zum Verzweifeln. Jede Nacht schien sich dieser Typ in Luft aufzulösen. Wir hatten ihn kein einziges Mal dabei ertappt, wie er das Haus verließ. Aber tatsächlich war er jeden Morgen verschwunden. Im Laufe des Tages tauchte er dann wieder auf und hatte schrecklich gute Laune. Vor allem aber schien er ausgeschlafen zu sein, während wir drei immer müder aussahen. Kein Wunder, wir kamen nachts ja kaum noch zum Schlafen.

»Ihr seid so blaß und seht so erschöpft aus«, stellte Tante Sabine schließlich beim Frühstück fest. »Bekommt euch denn die Luft nicht, oder vielleicht das Essen?«

Ich gähnte: »Nö, is schon alles in Ordnung.« Dabei mußte ich Heinzi ordentlich vors Schienbein treten, denn der Ärmste fiel vor lauter Müdigkeit fast vom Stuhl.

Tante Sabine machte sich aber ernsthaft Sorgen. »Nein, so kann das nicht weitergehen«, beschloß sie, »ihr müßt einfach mehr an die frische Luft.«

Um Himmels willen nein, wo doch der Nachmittag die einzige Möglichkeit war, ein bißchen auf dem Bett zu liegen und zu schlafen.

Tante Sabine fuhr fort: »Gleich heute nach der Schule machen wir einen schönen Spaziergang und holen bei Frau Meinke eine große Kiste Orangen. Die bekommt sie immer von ihrem Sohn. Der lebt nämlich in Spanien und …«

Den Rest hörte ich mir nicht mehr an. Das waren ja tolle Aussichten. Tante Sabine schien der Meinung zu sein, uns mit Hilfe von ausgedehnten Spaziergängen und viel Vitamin C wieder fit zu kriegen.

Als wir nach einem langen Schulvormittag nach Hause kamen, stand Tante Sabine schon mit einem großen Picknickkorb im Garten. Eigentlich war es noch ein bißchen kalt für ein Picknick, aber wir waren zu müde zum Protestieren.

»Ein kleines Problem gibt es noch«, meinte Tante Sabine schuldbewußt. »Ich muß vorher noch zum Frisör. Einen anderen Termin konnte ich leider nicht bekommen.«

»Wo liegt das Problem?« erkundigte sich Heinzi mißtrauisch.

»Ja also, ihr müßtet dann zu Fuß vom Frisör zu Frau Meinke, und dann zum Ossler See, wo wir draußen schön mittagessen können.«

Ev schüttelte nur den Kopf, als wir ins Auto einstiegen. Das waren ja herrliche Aussichten! »Mindestens vier Kilometer«, flüsterte Heinzi, als sie ihn nach dem Weg zu Frau Meinke fragte.

Na, wenigstens kamen wir aus Bayrisch-Grön raus und sahen mal wieder eine größere Stadt.

»Den Picknickkorb braucht ihr natürlich nicht zu tragen«, sagte Tante Sabine, als sie vor dem Frisör parkte. »Ihr habt ja die Orangen zu schleppen.«

Da standen wir nun, ziemlich müde und ein bißchen hungrig. Heinzi biß auf seiner Unterlippe herum. »Eigentlich sollten wir durch den Stadtwald gehen und dann immer am Fluß entlang. Aber ...« – dabei sah er sich vorsichtig um – »wir könnten auch mit dem Bus fahren.«

Alle Achtung, der Heinzi entwickelte sich. Auf eine bessere Idee wäre auch ich nicht gekommen. Wir deckten uns an einem Kiosk noch mit Nußschokolade ein, denn eine Busfahrt macht hungrig.

Es war richtig gemütlich. Wir lümmelten uns in die letzte Sitzreihe, aßen Schokolade und wurden immer schläfriger. Das kam auch von der fürchterlichen Hitze im Bus. Heinzi legte seinen Kopf an meine Schulter und schloß die Augen. Ev träumte ebenfalls vor sich hin.

»Na, wollt ihr nicht mal aussteigen?« Das war die Stimme des Schaffners. Erschrocken fuhr ich hoch.

»O verflixt!« fluchte Heinzi. »Wir sind zu weit gefahren.«

Das waren wir in der Tat, denn der Bus stand an der Endhaltestelle. Sollten wir jetzt den ganzen Weg zu Fuß zurücklegen oder mit dem Bus zurückfahren? Ev zeigte sich großzügig: »Ich lade euch noch mal zu einer Busfahrt ein.« Und so fuhren wir dieselbe Strecke wieder zurück. Jetzt paßten wir aber auf wie die Luchse, um ja nicht wieder einzuschlafen.

Ein ganz nettes Städtchen, dachte ich mir, als ich aus dem Fenster blickte. So was gefällt Mama und Papa immer besonders gut. Ach, Mama und Papa! Wo sie jetzt wohl waren? Ein bißchen Sehnsucht hatte ich schon nach den beiden, und drei Monate waren so lang. Eigentlich könnten sie mal schreiben und …

Aber bevor ich mir noch weiter Gedanken machen konnte, hatte mich Ev in die Seite gestoßen. »Mensch, David, guck mal!« Sie zeigte auf die gegenüberliegende Straßenseite. Heinzi stieß einen Schrei aus. Tatsächlich! Das gab's doch nicht! Da stand Herr Kremer und hatte den Arm um eine junge Frau gelegt.

»Wir müssen sofort aussteigen«, befahl Ev. »Das ist eine heiße Spur!«

»Das ist eine Frechheit!« ereiferte sich Heinzi. »Meine Mutter heiraten wollen und dann so was.«

Ich überlegte laut: »Vielleicht ist das seine Schwester oder Cousine?«

Ev lächelte mich mitleidig an. »Du glaubst wohl auch noch an den Klapperstorch, was! Nein, nein, ich kenn mich da aus. Wie ich sagte, das ist eine heiße Spur.« Sie sah

SCHNELLBUS
KA

uns beschwörend an. »Jetzt müssen wir nur das Richtige tun.«

Wir waren alle drei auf einmal hellwach. An der nächsten Haltestelle stürmten wir aus dem Bus und rannten zurück zu der Stelle, an der wir die beiden gesehen hatten. Natürlich waren wir vorsichtig und verhielten uns unauffällig. Wir wollten von Hamster ja nicht gesehen werden.

In dieser Straße schien es etwas umsonst zu geben. So viele Leute hatte ich selten auf einem Fleck gesehen.

»Wie sollen wir die zwei nur finden?« seufzte Heinzi. Damit hatte er recht. Obwohl wir in alle Geschäfte hineinguckten, konnten wir keine Spur von den beiden entdecken.

»Klar, die sind längst weg«, meinte Heinzi trübsinnig, als wir nach einer halben Stunde wieder an der Bushaltestelle standen.

»Na, wenigstens wissen wir, wo wir zu suchen haben«, versuchte ich ihn aufzumuntern. Dabei fiel mir ein, daß die beiden vielleicht ganz zufällig in dieser Straße gewesen waren. Aber das sagte ich besser nicht, um Ev und Heinzi nicht zu entmutigen.

»Wir müssen endlich zu Frau Meinke und dann zum Treffpunkt mit meiner Mutter«, drängte Heinzi. »Wir sind sowieso viel zu spät dran.«

Er hatte recht. Der Zeitgewinn durch die Busfahrt war nach der langen Sucherei dahin. Sicher wartete Tante Sabine schon lange auf uns.

Tante Sabine war ziemlich sauer. »Jetzt warte ich eine Dreiviertelstunde hier auf euch und mache mir natürlich Sorgen«, empfing sie uns, als wir schließlich am Picknickplatz ankamen. »Und das Wetter ist auch schlechter geworden. Eigentlich ist es viel zu kalt für ein Picknick.«

Das stimmte, und so saßen wir schließlich in ihrem Auto und verspeisten gebratenes Hühnchen mit Kartoffelsalat. Die Stimmung war ziemlich gedrückt. Tante Sabine sagte kein Wort mehr. Ev und ich kauten lustlos auf den Hühnerknochen herum.

Nur Heinzi war merkwürdigerweise ganz gut gelaunt. Als ich ihn fragend ansah, flüsterte er nur: »Jetzt wissen wir wenigstens, wo wir anfangen sollen. Morgen machen wir dort weiter.«

Am Abend hielten wir in Evs Zimmer Kriegsrat. Daß die Nächte nicht mehr so weitergehen konnten, war uns allen klar. Normalerweise gehe ich nicht gern ins Bett abends – man hat immer das Gefühl, etwas Wichtiges zu verpassen –, aber jetzt sehnte ich mich geradezu danach, abends schon um sieben Uhr einzuschlafen. Vor allem wollte ich mal wieder eine Nacht durchschlafen und nicht von Ev mit einem »Los, Wache schieben« geweckt werden.

So waren wir beide sofort mit Heinzis Vorschlag einverstanden, die nächtlichen Wachen abzubrechen und statt dessen lieber tagsüber im Nachbarort die Augen offenzuhalten. Wir beschlossen, am ersten Tag gemeinsam zu gehen. Später wollten wir uns abwechseln.

»Das wird schon«, sagte ich noch zu Heinzi, als wir im Bett lagen. Aber der war bereits eingeschlafen und schnarchte wieder leise vor sich hin. In dieser Nacht wachte ich immer wieder auf und wollte Wache halten. Oder träumte ich das nur?

»Ihr seht ja schon viel besser aus«, begrüßte uns Tante Sabine am nächsten Morgen. »Die frische Luft und die Orangen haben tatsächlich Wunder gewirkt.«

Wir nickten zustimmend und schlugen ihr vor, das Ganze doch noch mal zu wiederholen: »Nach der Schule wollen wir wieder spazierengehen. Wir können ja zu Frau Meinke und ihr den Obstkorb zurückbringen. Außerdem freut sie sich bestimmt, wenn sie Besuch bekommt.«

Tante Sabine nickte zustimmend. »Gute Idee! Die alte Dame hat dann auch ein bißchen Abwechslung.«

»Wir müssen in die Maximilianstraße«, bestimmte Heinzi, als wir in den Bus einstiegen. »Dann nehmen wir die Parallelstraße und legen uns dort auf die Lauer.«

Auf die Lauer legen. Ich mußte grinsen. Wir waren doch nicht im Indianerlager. Wo sollte man sich denn hier verstecken?

»Ein echter Detektiv schlägt den Mantelkragen hoch und versteckt sich hinter einer Zeitung«, belehrte uns Ev. Aber unsere Anoraks hatten keinen Kragen, und eine Zeitung fehlte auch. Außerdem sah es vielleicht doch etwas merkwürdig aus, wenn drei Kinder mit hochgeschlagenem Kragen und Zeitung auf der Straße standen. Unschlüssig trat ich von einem Bein aufs andere und überlegte.

Dann hatte ich *die* Idee. Einerseits würde es wieder

Geld kosten, andererseits mußte man eben mal was investieren.

»Ich hab's«, verkündete ich, »wir gehen dort ins Café, setzen uns ans Fenster und warten einfach, bis Hamster auftaucht.«

»Und du lädst uns ein, ja?« meinte Ev spöttisch.

»Klar«, sagte ich und überschlug im Kopf, wie teuer das wohl werden würde. »Mehr als eine Cola ist aber nicht drin«, setzte ich vorsichtshalber hinzu.

Im Café saßen lauter alte Damen und musterten uns neugierig, als wir auf einen Tisch direkt am Fenster zusteuerten. Ich war ganz stolz auf mich. Ev meinte anerkennend: »Wir können die ganze Straße überblicken und werden von draußen nicht bemerkt. Gut, David!« Ev lobte mich selten, deshalb wurde ich noch ein bißchen stolzer.

Kaum saßen wir, da kam auch schon die Bedienung. »Wollt ihr warten, bis die Mama oder der Papa kommen, oder wollt ihr schon was bestellen?« fragte sie uns freundlich.

Oje, daran hatten wir nicht gedacht. Wahrscheinlich durfte sie uns gar nichts verkaufen, weil wir noch nicht geschäftsfähig oder so ähnlich waren. Papa hatte uns mal so was erzählt. Ich blickte Ev an, und sie verstand sofort. »Ach nein«, flötete sie, »wir bestellen schon mal. Mit unseren Eltern kann das länger dauern.«

Wir saßen am Tisch, direkt am Fenster, und guckten alle drei hinaus. Wenigstens waren heute nicht so viele Leute unterwegs. Dafür wurde es im Café immer voller.

»Hmm, lecker!« machte Heinzi, als die Bedienung mit

einem vollen Kuchentablett an uns vorbeiging. Einen Moment lang glaubte ich, seinen Magen knurren zu hören. Es war aber mein eigener. Ich hatte eindeutig Hunger. Die Cola war längst ausgetrunken.

»Wollt ihr noch was? Und was ist jetzt mit euren Eltern?« Die Stimme der Bedienung klang schon viel unfreundlicher, als sie zum dritten Mal fragte. Ich überwand meine angeborene Sparsamkeit und bestellte für jeden von uns ein Stück Schokoladenkuchen mit Sahne. Das würde uns einen Aufschub von einer halben Stunde geben.

»Wir müssen eben besonders langsam essen, sonst schmeißt sie uns noch raus«, meinte Ev, als sich Heinzi auf den Kuchen stürzen wollte.

Alle Tische waren inzwischen besetzt, und es war klar, daß wir nicht mehr allzulange hier sitzen konnten. Also bemühten wir uns, so lange wie möglich ein Stückchen Kuchen auf dem Teller zu haben.

»Vielleicht solltest du noch mal was bestellen«, schlug Heinzi vor. Dieser Vielfraß! Von meinem Taschengeld würde ich ihn bestimmt nicht durchfüttern.

»Vielleicht solltest *du* mal was bestellen«, gab ich giftig zurück.

Dann stellte sich heraus, daß ich der einzige war, der überhaupt Geld dabei hatte. »Ihr seid vielleicht witzig. Glaubt ihr, das ist ein Vergnügungsessen?« fauchte ich Ev und Heinzi an. Mein Taschengeld sollte schließlich noch eine Weile reichen.

»Pst«, machte Ev da, »guckt euch mal um!«

Ich blickte mich um.

»Paß auf! Er darf dich nicht sehen«, flüsterte Heinzi, der sich ganz klein machte.

An der Tür stand – Herr Kremer! Den Arm hatte er wieder um die junge Frau vom Vortag gelegt. Er blickte sich suchend im ganzen Raum um. Plötzlich bekam ich Herzklopfen. Wenn er uns jetzt entdecken würde? Ev und Heinzi waren wohl genauso erschrocken wie ich. Aber Hamster achtete nicht auf uns Kinder am Fenster. Er hatte einen Tisch entdeckt, der gerade frei wurde.

Ev atmete auf. »Er sitzt direkt hinter der Säule. Er kann uns nicht sehen«, informierte sie uns. Unsere Stimmung stieg augenblicklich. Jetzt hatten wir ihn und brauchten nur zu beobachten, was er alles machte.

»So, darf ich euch noch was bringen?« Das war wieder die Bedienung. Ich wollte den Kopf schütteln, aber Ev bestellte einfach noch mal drei Cola.

»Bist du verrückt?« fuhr ich sie an. »Das ist schließlich mein Geld, das du hier ausgibst.«

»So kurz vor dem Ziel willst du jetzt sparen. Das darf doch nicht wahr sein.« Ev tippte sich an die Stirn. »Wenn sie uns jetzt rausschmeißen, dann merkt Hamster alles, und unsere Mühe war umsonst. Oder was willst du ihm erzählen, warum wir hier sind?«

Das stimmte natürlich. Aber Ev hätte wenigstens Mineralwasser bestellen können. Das war nämlich billiger.

»Siehst du, was die beiden machen?« fragte ich Heinzi, der von uns die strategisch günstigste Position hatte. »Was ist los, Heinzi? Warum guckst du so komisch?«

Heinzi rutschte auf seinem Stuhl hin und her. »Ich muß mal«, gestand er kleinlaut, »und zwar ziemlich dringend.«

Ev faßte sich an den Kopf. »Bin ich hier mit einem Kindergarten unterwegs? Nein, das geht auf keinen Fall. Hamster sitzt direkt vor dem Ausgang, und es gibt keinen anderen Weg zur Toilette. Nein, das geht einfach nicht.«

Heinzi saß ganz unglücklich da. Hätte er nicht soviel Cola getrunken, dachte ich schadenfroh.

»Was soll ich denn machen?« flüsterte er.

»Anhalten, Heinzi, anhalten«, riet Ev und grinste. Der arme Heinzi rutschte auf seinem Stuhl herum und klagte: »Lange halte ich das nicht aus.«

Die nächste Viertelstunde muß für ihn ziemlich unangenehm gewesen sein. Irgendwann sprang er auf, bevor Ev oder ich ihn zurückhalten konnten, und rannte zur Toilette. So ein Bubi! Ich überlegte ernsthaft, ob wir ihn beim nächsten Mal überhaupt mitnehmen sollten. Wahrscheinlich würde jetzt gleich Hamster auftauchen, und wir müßten erklären, warum wir gerade hier sind.

Kurze Zeit später kam Heinzi angeschlendert. Er strahlte über das ganze Gesicht. »Tja, ratet mal, wer nicht mehr da ist!« meinte er.

Ev und ich blickten ihn verblüfft an.

»Ja, *er* ist weg. Aber die Frau sitzt noch da«, sagte Heinzi.

Wir beugten uns vor, um den Tisch besser sehen zu können. Tatsächlich, Hamster war weg, und die junge Frau bezahlte gerade.

»Los, Beeilung! Wir müssen hinterher«, befahl Ev.

»Vielleicht wollt ihr auch noch bezahlen?« schnauzte

uns die Bedienung an, als wir gerade unsere Anoraks anzogen. Oje, fast wären wir so hinausgerannt. Ich nickte nur und hielt ihr einen Zwanzigmarkschein hin. Die Frau sah mich an und sagte nur: »Zweiundzwanzig Mark dreißig!«

»Na los, beeil dich!« Ev lief aufgeregt hin und her. »Du weißt doch ...«

Klar, ich wußte schon, wie wichtig das war, aber mehr als zwanzig Mark hatte ich nicht dabei. Jetzt war noch eine zweite Bedienung gekommen.

Die erste fragte: »Was machen wir denn mit den Kindern? Die können nicht bezahlen.«

Ich glaube, alle Leute im Café schauten uns an. Das war schon ziemlich peinlich. Aber viel schlimmer war, daß Kremers Begleiterin mittlerweile bezahlt hatte und ihren Mantel anzog.

»Geh du hinterher!« flüsterte Ev Heinzi zu.

Aber die Bedienung hatte es gehört. »Nichts da, ihr bleibt alle hier. Jetzt rufen wir eure Eltern an. So geht's ja nicht«, schimpfte sie.

Eine Dame am Nebentisch nickte zustimmend, und dann unterhielten sie sich lautstark über die Jugend von heute.

Wegen zwei Mark dreißig wird jetzt alles auffliegen, dachte ich. Wie sollen wir Tante Sabine unseren Besuch in diesem Café erklären? Und dann wird sie alles dem Hamster erzählen, und dann ...

»Also, wie heißen eure Eltern?« wollte die Bedienung wissen. »Oder müssen wir die Polizei holen?«

Ev schüttelte den Kopf. »Nein, natürlich nicht. Ich hab

noch etwas Geld dabei. Muß nur mal ganz schnell auf die Toilette. Immer wenn ich nervös bin ...« Und dabei guckte sie so mitleiderregend, daß sogar die Bedienung weich wurde.

»Aber du kommst wieder!« schärfte sie Ev ein. »Sonst müssen's nämlich die beiden Herren hier büßen.«

Ich war gespannt, was Ev vorhatte. Manchmal ist es doch gut, eine große Schwester zu haben.

Ev war nach kurzer Zeit wieder zurück. Sie nestelte an ihrer Anoraktasche herum und holte tatsächlich zwei Mark und dreißig Pfennig hervor. Es dauerte ziemlich lange, weil es sich um lauter Kleingeld handelte, jede Menge Pfennige und Zweipfennigstücke.

»Uff«, stöhnte die Bedienung, als sie alles nachgezählt hatte, »nächstes Mal aber gleich so!«

Ev lächelte sie an. »Es tut mir leid, daß ich Ihnen kein Trinkgeld geben kann. Eigentlich hätte ich auch Frau von Geldern fragen können ...«

»Frau wie bitte?« unterbrach sie die Bedienung.

Ev lächelte immer noch. »Na, die Frau, die vorn am Eingang saß und vor ungefähr zehn Minuten gegangen ist. Das ist nämlich eine Freundin unserer Mutter, aber sie hat ...«

Die Bedienung unterbrach lachend: »Frau von Geldern – von wegen! Das war Frau Edel mit ihrem Mann. Die kommt fast jeden Tag und gibt ordentlich Trinkgeld.«

Jetzt strahlte Ev förmlich: »Herr und Frau Edel? Oh, dann muß ich sie wohl verwechselt haben.«

Die Bedienung schüttelte nochmals den Kopf, als wir endlich das Café verließen.

Draußen war es mittlerweile dunkel geworden. »Toll«, freute sich Heinzi, »ganz toll. Jetzt wissen wir endlich mehr.«

»Ich will vor allem eines wissen«, sagte ich. »Woher hattest du das Geld, Ev?«

»Ich hab's mir nur ausgeliehen.«

»Ausgeliehen? Wo denn?« fragte jetzt auch Heinzi.

»Na ja, eigentlich hat Heinzi mich auf die Idee gebracht«, lachte Ev. »Auf der Damentoilette steht immer ein Teller für das Trinkgeld. Für die Toilettenfrau«, setzte sie hinzu, als sie unsere erstaunten Gesichter sah. »Leider waren die Damen vor mir recht knausrig. Es lagen jede Menge Pfennige da rum. Und ich wollte mir ja nur so viel ausleihen, wie wir brauchten. Morgen bringe ich's zurück. Ganz bestimmt.«

Na schön, es war ja nur ausgeliehen, dachte ich mir. Und das mit Frau von Geldern war nur eine Notlüge. Außerdem diente dies alles einem wichtigen Zweck.

»Gut«, sagte ich, »morgen kommen wir zurück, bezahlen unsere Schulden und forschen nach Herrn und Frau Edel.«

5

Als wir nach Hause kamen, erwartete uns Tante Sabine ganz aufgeregt. »Wo wart ihr denn bloß?« wollte sie wissen. »Ich wollte euch bei Frau Meinke abholen, aber ...«

O verflixt, jetzt war guter Rat teuer! Kremer saß am Tisch und grinste. »Na, haben die Herrschaften kleine Geheimnisse?« fragte er und drohte uns mit dem Zeigefinger.

Ich war echt empört. Der mußte gerade reden. Wenn hier einer Geheimnisse hatte, dann war das wohl er. Am liebsten hätte ich gesagt: »*Wir* haben kein Geheimnis, aber wir kennen Ihres.« Aber das ging ja leider noch nicht!

»Ja also, wo wart ihr denn?« Tante Sabine schaute uns fragend an.

»Das können wir im Moment leider noch nicht sagen. Aber es gibt bestimmt eine große Überraschung«, sagte Ev endlich.

Tante Sabine lachte. »Hat das was mit meinem Geburtstag zu tun? Na, dann behaltet mal euer Geheimnis noch eine Weile für euch.«

Prima, dachte ich, Ev hat genau das Richtige getan. Jetzt haben wir Narrenfreiheit und ...

Bevor ich weiter überlegen konnte, wurde ich von Kremer unterbrochen.

»Also, Heinzi und David, was ich heute gesehen habe, das wäre auch was für euch gewesen. Das war nämlich hochinteressant.«

Heinzi wurde kreidebleich. Um Himmels willen, hatte Hamster uns doch im Café entdeckt?

»Soll ich euch morgen mitnehmen?« fragte er uns.

»Jürgen war nämlich heute nachmittag in einem Automobilmuseum«, erklärte Tante Sabine, als sie unsere fragenden Gesichter sah. Ich blinzelte Heinzi zu, der sich gerade wieder von dem Schreck erholte. Aha, Hamster erzählte also Lügenmärchen. Wir waren eindeutig auf der richtigen Spur.

»Gern würden wir mitgehen«, sagte Ev plötzlich. »Ich finde Autos ja so interessant.«

Mir blieb fast der Mund offenstehen. Gerade Ev, die mit viel Glück ein Auto von einem Fahrrad unterscheiden konnte, wollte in ein Automobilmuseum.

»Aber«, fing ich gerade an, da fuhr mir Ev auch schon über den Mund. »Erzählen Sie uns doch einfach mal, was es alles zu sehen gab«, forderte sie Hamster auf.

Anfangs stotterte er etwas herum, aber dann erzählte er bestimmt eine halbe Stunde lang von irgendwelchen merkwürdigen Automarken, deren Namen ich noch nie gehört hatte. Er merkte gar nicht, daß ihm irgendwann niemand mehr zuhörte. Sogar Tante Sabine hatte Schwierigkeiten. Man sah ganz deutlich, wie sie sich das Gähnen verkniff.

»Oh, bevor ich's vergesse, ihr zwei habt Post bekommen. Liegt oben in Evs Zimmer«, unterbrach sie schließlich Kremers Vortrag.

»Post!« jubelte Ev. »Bestimmt von den Eltern.« Wir rannten die Treppe hoch. Tatsächlich, auf Evs Bett lag eine bunte Postkarte. Liebe Grüße von den Eltern, und natürlich wieder jede Menge guter Ratschläge.

»Schade, daß sie nur 'ne Karte geschrieben haben«, meinte Ev enttäuscht. »Na, wenigstens sind wir jetzt dem Hamster entkommen und wissen noch mehr, zum Beispiel, daß er ganz bewußt lügt. Von wegen Automobilmuseum und so.« Ev tänzelte vor ihrem Schreibtisch herum. »Jetzt überlegen wir uns mal, was wir alles wissen und was wir alles noch unternehmen wollen.«

Auf meinem Blatt standen nach einer Viertelstunde folgende Punkte:

Hamster trägt eine Perücke
Er nennt sich Herr Kremer, in der Stadt aber Herr Edel
Er hat eine Frau in der Stadt (Frau Edel)
Was arbeitet er eigentlich?
Er erzählt Lügen (Automuseum)
Er schmatzt

»Na, viel ist dir ja nicht eingefallen«, kritisierte mich Ev, als ich an meinem Bleistift kaute und sie mir über die Schulter schaute. »Außerdem, Schmatzen ist kein Verbrechen.«

»Eine Perücke zu tragen auch nicht«, gab ich zurück.

»Sag doch gleich, der ganze Typ ist völlig harmlos!« giftete meine liebe Schwester.

Wir waren also wieder mal mitten im schönsten Streit! Ich wollte gerade nach dem Kissen greifen – bei Kissenschlachten bin ich viel besser als Ev –, da ging die Tür auf.

Ohne anzuklopfen, betrat Herr Kremer das Zimmer. Ich glaube, Ev war genauso schockiert wie ich. Hamster schien das gar nicht zu bemerken.

»Ich habe beschlossen, mich ein bißchen um euch zu kümmern«, sagte er. »Wir fangen mal mit den Hausaufgaben an. Das ist wahrscheinlich wichtiger, als ins Automobilmuseum zu gehen. Eure Eltern sollen schließlich sehen, daß man sich Mühe macht mit euch. So, was habt ihr auf?« Er drehte sich zum Schreibtisch und wühlte zwischen den Heften herum. Ev hatte ganz große Augen bekommen. Zwischen den Heften lagen doch unsere Aufzeichnungen über den »Fall Hamster«, wie wir die ganze Aktion mittlerweile nannten.

»Äh, wir haben gar nichts auf«, sagte Ev und nahm ihm einfach das Matheheft aus der Hand.

Aber so schnell gab sich Hamster nicht geschlagen. »Na, dann schau ich mir mal an, was ihr so im Unterricht macht. Ob ihr auch was Ordentliches lernt.« Und dann lachte er so, als habe er einen besonders guten Witz gemacht. Aber bevor er noch länger wühlen konnte, hörte man von unten einen markerschütternden Schrei. »Jürgen, Jürgen, schnell, komm!« Hamster wandte sich zur Tür und sah uns streng an: »Ich komme aber wieder!« Das war eine echte Drohung.

»Bloß schnell weg mit dem Zettel«, stöhnte Ev. »Stell dir vor, er hätte ihn gesehen!«

Uns beiden war reichlich flau im Magen, und wir blickten erschrocken auf, als sich die Tür öffnete. Aber es war nur Heinzi, der grinsend in der Tür stand. Als wir ihm erklären wollten, was passiert war, winkte er nur ab.

»Ich hab mir so was gedacht, als ich ihn hier ins Zimmer gehen sah. Und da hab ich Mama gesagt, im Eßzimmer sei eine Spinne, eine riesige. Na, *den* Schrei von ihr habt ihr ja gehört!«

»Genau wie unsere Mama!« lachte ich. »Das scheint in der Familie zu liegen. Prima, Heinzi, dickes Lob. Du hast die ganze Sache gerettet.«

Am nächsten Tag, gleich nach dem Mittagessen, zogen wir wieder los. Diesmal hatten wir wirklich vor, Frau Meinke den Korb zurückzubringen. Außerdem wollten wir unsere Schulden bei der Toilettenfrau im Café bezahlen.

»Ich kann doch jetzt nicht einfach reinrennen und zur Toilette gehen«, gab Ev zu bedenken, als wir vor dem Café standen. »Das würde ja komisch aussehen.«

»Soll *ich* vielleicht auf die Damentoilette?« erkundigte ich mich.

Heinzi wollte sich fast ausschütten vor Lachen.

Ev lächelte süßsauer. »Was ich damit sagen will, ist folgendes: Wir müssen uns eben noch mal ins Café setzen. Es schadet nichts, wenn wir Frau Edel noch weiter beschatten. Außerdem, vielleicht taucht sie wieder mit Hamster auf.«

Heinzi nickte ganz begeistert. Wahrscheinlich dachte er schon an die Schokoladentorte oder ähnlich feine Sachen.

Aber Ev war noch nicht fertig. »Wir setzen uns heute natürlich so hin, daß der Weg zur Toilette frei ist, falls einer mal muß«, fügte sie mit einem Seitenblick auf Heinzi hinzu, der einen knallroten Kopf bekam.

»Jetzt gibt es nur noch ein kleines Problem«, mischte ich mich ein. »Wer bezahlt heute?« Ich hatte nämlich festgestellt, daß von meinem Taschengeld nicht mehr viel übrigbleiben würde, wenn jeder Nachmittag so teuer würde. Ev und Heinzi starrten vor sich hin.

»Na, Heinzi, wie wär's mit dir?« Ich gab ihm einen Stoß in die Seite. »Du bist jetzt mal dran!« Wieder herrschte Schweigen.

Und dann erzählte uns der arme Heinzi, daß er eigentlich gar kein Taschengeld bekäme. Nur durch Rasenmähen könnte er sich ab und zu etwas Geld verdienen. Hamster hätte seiner Mutter eingeredet, daß sie ihn viel zu sehr verwöhnen würde.

Ev seufzte. »Also los, David, sei nicht so. Nächstes Mal bin ich dann dran.« Was blieb mir anderes übrig? Wir betraten das Café, das noch halb leer war, und setzten uns hinter eine Säule. Um den Eingang zu überblicken, mußten wir uns zwar etwas vorbeugen, aber dafür konnte uns hier keiner entdecken. Außer natürlich der Bedienung, die auch gleich ankam, als sie uns bemerkte.

»Um Himmels willen, was wollt ihr denn schon wieder?« seufzte sie, als sie uns wiedererkannte.

»Drei Mineralwasser, aber bitte kleine Gläser«, bestellte ich und wedelte mit einem Zwanzigmarkschein. Diesmal bezahlte ich sofort und gab ihr sogar 20 Pfennig Trinkgeld, als ich Evs vorwurfsvollen Blick bemerkte.

»So, jetzt bezahle ich mal meine Schulden auf dem Klo«, sagte sie grinsend und verschwand.

Als Ev nach einigen Minuten wieder erschien, war sie sichtlich genervt. »Ihr könnt euch gar nicht vorstellen, wie schwierig es ist, zwei Mark dreißig als Trinkgeld loszuwerden«, meinte sie nur. »Eine ältere Frau hat mich beobachtet, als ich das Geld auf das Tellerchen legte, und es mir sofort wiedergegeben. Sie fand, zwanzig Pfennig reichten auch. Ich hab's dann aber doch noch geschafft, alles wieder zurückzulegen.«

Ab und zu spähten wir um die Säule herum, aber weder Herr noch Frau Edel erschienen. Die Bedienung ließ uns in Ruhe. Wahrscheinlich hatte sie sich schon an uns gewöhnt. Eigentlich war es ziemlich langweilig in diesem Café. Ich verstand die vielen älteren Damen nicht, die den ganzen Nachmittag dort verbrachten. Na ja, vielleicht war es einfach interessanter, wenn man ein Stück Kuchen vor sich stehen hatte. Heinzi sah auch wieder ziemlich hungrig aus. Wenn ich mir jetzt ein Stück Torte bestellen würde, dann müßte ich ihn einladen und Ev natürlich auch. Oder zu dritt ein Stück Kuchen. Nein, beschloß ich, lieber saß ich hier vor diesem labberigen Mineralwasser, bevor ich mein ganzes Taschengeld opferte.

Irgend jemand hatte die Tageszeitung neben mir liegenlassen, und die blätterte ich jetzt durch. Das lenkte mich wenigstens von dem Gedanken an Eßbares ab. Ein typisches Kleinstadtblatt, hätte Mama gesagt und dann doch ganz interessiert auch die Kleinanzeigen gelesen. Wir amüsierten uns zu Hause immer herrlich über Anzeigen, vor allem über Heiratsanzeigen. »Ich verstehe gar nicht, warum so tolle Leute noch nicht verheiratet sind«, spottete Papa immer.

Interessiert las ich die Annoncen. Heinzi sah mir entgeistert über die Schulter und fragte: »Sag mal, hast du das nötig? Jetzt schon Heiratsanzeigen lesen?«

»Klar«, entgegnete Ev, »guck ihn dir mal an. So wie der aussieht, findet er nie 'ne Freundin.«

Ich trat ihr gegen's Schienbein.

Heinzi versuchte, unseren Streit zu schlichten. »Wir machen jetzt ein Spiel. Ich lese euch Anzeigen vor, und ihr müßt raten, ob Mann oder Frau und wie alt und so.«

Sehr interessant schien mir das Spiel ja nicht zu sein, aber bitte – immer noch besser, als sich zu langweilen oder zu streiten.

Es machte tatsächlich Spaß. Irgendwann lachten wir so laut, daß die Bedienung kam und uns stirnrunzelnd anblickte. Ev wollte die Zeitung schon wieder schuldbewußt zusammenfalten, da fiel ihr Blick auf eine weitere Annonce, und sie stutzte. »Hört mal her!« begann sie ganz aufgeregt. »Hört mal her!«

Als sie uns die Anzeige der »Partnervermittlung Gloria von Stein« vorgelesen hatte, waren wir alle erst einmal sehr ruhig. Schließlich räusperte sich Heinzi und sagte: »Ich glaube, das ist er. So würde er sich selbst beschreiben.«

Heinzi hatte recht. Gewicht, Größe, Alter, Augenfarbe, Haarfarbe – besser: Perückenfarbe –, alles paßte. Nur der Name nicht. In dieser Anzeige stand nämlich:

Albert, ein echter Traummann!
(»Alptraummann« verbesserte Ev)
Wollen Sie ihn kennenlernen?
Wenden Sie sich an unsere Heiratsvermittlung!
Sie werden es nicht bereuen.

»Wenden wir uns doch einfach an diese Heiratsvermittlung«, schlug ich vor und spendierte zur Feier des Tages jedem einen großen Mohrenkopf. Auf der Speisekarte hatte ich nämlich gesehen, daß die ziemlich billig waren.

Abends saßen wir in Evs Zimmer und hatten vorsichtshalber die Tür abgeschlossen. Zwar war Hamster beim Abendessen nicht da gewesen, aber man konnte ja nie wissen.

Die Heiratsanzeige hatten wir aus der Zeitung herausgerissen. Ev traute sich erst nicht so richtig, aber ich hustete so laut, daß niemand das reißende Geräusch des Papiers hörte. Außerdem war die Anzeige ein wichtiges Beweisstück, wenn unser Verdacht richtig war.

»Such endlich mal ›Parität‹«, nörgelte Ev, »und noch so ein komisches Wort, nämlich …«

»Gutsituiert heißt das«, bemerkte Heinzi stolz.

Ev guckte genauso entgeistert wie ich. Woher kannte Heinzi bloß solche schwierigen Wörter?

»Weißt du vielleicht auch, was das heißt, Herr Siebenklug?« fragte Ev spitz.

»Klar, das heißt soviel wie, na ja, eben, daß man reich ist.« Heinzi genoß unsere Bewunderung. »Ich weiß das auch nur, weil meine Mutter das mal im Fremdwörterlexikon nachgeschlagen hat. Wir haben dann darüber gelacht, weil wir das Wort so komisch fanden«, erklärte er uns.

Nachdem wir schließlich das Wort ›Parität‹ noch mal nachgeschlagen hatten, war uns einiges klar. Parität sollte hier bedeuten, daß ein Mann, der so aussah wie Hamster, aber einen anderen Namen hatte, eine Frau zum Heiraten suchte. Und die sollte genauso reich sein wie er.

»Also, wenn es sich hier wirklich um den Hamster handelt, dann lach ich mich kaputt«, verkündete Heinzi. »Der und reich! Der hat doch überhaupt kein Geld.«

»Und was ist mit dem Auto?« wandte ich ein. »So ein BMW ist nicht billig. Der hat doch mindestens ...« Ich überschlug mal, was so ein Auto gekostet haben könnte, aber Heinzi unterbrach mich: »Den hat doch meine Mutter ihm geschenkt, weil er sich den so wünschte. Zur Verlobung.«

Kein Wunder, daß sie an Heinzis Taschengeld sparen muß, dachte ich.

»Wenn es sich wirklich um Herrn Kremer handelt, dann ist er so was wie ein Heiratsschwindler.« Ev hatte vor Aufregung rote Flecken im Gesicht.

»Ist das strafbar? Kommt er dann ins Gefängnis?« wollte Heinzi wissen. Ohne eine Antwort abzuwarten, fuhr er fort: »Mensch, dann heiratet ihn meine Mutter nicht, und ich muß nicht Papa zu ihm sagen.«

»Tante Sabine verkauft den BMW wieder, und du bekommst endlich ordentliches Taschengeld«, fuhr Ev fort.

Du kannst uns endlich ins Café einladen, und ich esse

mindestens drei Stücke Schokoladentorte, fügte ich in Gedanken hinzu. Aber jetzt war es noch zu früh zum Freuen. Erst einmal mußten wir Beweise finden, die uns auch Tante Sabine glauben würde.

»Liebe macht blind«, sagt nämlich Papa immer, wenn Ev ihm von Lars vorschwärmt. Ehrlich gesagt, ich glaube das auch. Wie könnte sich Ev sonst in ein pickeliges Ungetüm wie diesen Lars verlieben. Aber das ist ein anderes Thema. Im Moment war es wichtiger, sich um Hamster zu kümmern. Wir hatten auch schon einen Plan.

»Gloria von Stein – Ihr Traumpartner erwartet Sie bei uns. Leider sind wir im Moment telefonisch nicht zu erreichen. Aber vielleicht dürfen wir Sie zurückrufen? Hinterlassen Sie uns Ihre Telefonnummer ...«

Ich legte den Hörer wieder auf und blickte mich aufmerksam um. Es war kurz vor halb zwei nachts – kein Wunder, daß unter dieser Telefonnummer niemand zu erreichen war. Jetzt, wo ich keine nächtlichen Wachen mehr zu halten hatte, konnte ich nicht schlafen.

Mir waren so einige Gedanken durch den Kopf gegangen, und kurz entschlossen hatte ich bei der Partnervermittlung angerufen. So aus reiner Neugierde! Na, viel hatte der Anruf ja nicht gebracht.

Bevor ich mich ins Bett legte, ging ich noch mal in die Küche, um ein Glas Wasser zu trinken. Plötzlich stutzte ich. Hier war doch noch jemand außer mir wach. Ich konnte ganz deutlich ein leises Rascheln hören. Oder gab's hier vielleicht Mäuse? Gott sei Dank hatte ich kein Licht angemacht, das mich verraten hätte.

Langsam wurde die Küchentür aufgestoßen. Der Strahl einer Taschenlampe leuchtete auf. Ich drückte mich enger an den Küchenschrank. Plötzlich verließ mich mein ganzer Mut. Am liebsten wäre ich jetzt zu Hause bei Papa und Mama im Bett gelegen. Statt dessen stand ich auf Tante Sabines kaltem Küchenfußboden, und irgendeiner – wahrscheinlich ein Einbrecher – würde mir gleich mit seiner Taschenlampe ins Gesicht leuchten, und dann …

Mir wurde ganz schlecht bei diesem Gedanken. Vorsichtig öffnete ich die Augen, die ich vorhin instinktiv geschlossen hatte. Merkwürdig, hier war niemand mehr. Oder doch? Die ganze Küche lag in einem gespenstischen Halbdunkel. Von draußen schimmerte der matte Schein der Straßenlaterne durch das Fenster. Kein Geräusch war zu hören, außer dem Ticken der Küchenuhr.

Aber jetzt hörte ich ganz laut mein eigenes Herz klopfen. Uff, ich mußte mich erst mal setzen. Hatte ich das Ganze etwa nur geträumt? Ich mußte mich kneifen, um sicher zu sein, daß ich wach war.

Ich nahm meinen ganzen Mut zusammen, bewaffnete mich mit einer vollen Sprudelflasche und öffnete die Küchentür.

Langsam gewöhnten sich meine Augen an die Dunkelheit. Gut, daß ich einen Moment gewartet hatte, sonst wäre ich garantiert über die Schuhe gestolpert, die mitten in der Diele herumstanden. Ich bewegte mich ganz langsam und vorsichtig, bis ich vor dem Wohnzimmer stand.

Da war doch jemand! Die Tür war nur angelehnt. Ich hörte wieder das leise Rascheln von vorhin. Sollte ich es

wagen, die Tür weiter aufzumachen? Oder sollte ich vielleicht Tante Sabine wecken? Oder gleich die Polizei anrufen? Unschlüssig stand ich vor der Wohnzimmertür.

Ich wollte mich gerade umdrehen, um Hilfe zu holen, da spürte ich hinter mir einen Luftzug. Umschauen konnte ich mich nicht mehr. Eine Hand legte sich auf meinen Mund, jemand zog mich ins Eßzimmer. O Gott, dachte ich nur noch und schloß verzweifelt die Augen.

Warum muß ich auch so ein blödes Detektivspiel anfangen, dachte ich. Normale Kinder schlafen um diese Zeit schön brav in ihrem Bett, und ich laß mich hier von irgendwelchen Gangstern fangen.

Der Griff hatte sich gelockert. Entschlossen öffnete ich die Augen und sah ...

»Heinzi!« – mehr brachte ich vor Überraschung nicht heraus. Außerdem hielt Heinzi mir schon wieder den Mund zu.

»Pst«, machte er, »sei leise. Er ist da drin.« Er deutete mit dem Kopf auf das Wohnzimmer.

»Wer?« flüsterte ich zurück. »Sag endlich, wer da drin ist!«

Heinzi blickte mich verständnislos an. »Na, Hamster natürlich, oder glaubst du, ein Einbrecher?«

Ich tat beleidigt. »Nein, natürlich nicht, was denkst du denn?«

Eine Weile lang waren wir beide ganz still. Ich glaubte schon, Heinzi wäre im Stehen eingeschlafen, da stieß er mich an und deutete auf die Tür. Tatsächlich, sie wurde vorsichtig geöffnet, und wieder blinkte die Taschenlampe. Die Batterie war mittlerweile sehr schwach geworden.

Zum Glück, dachte ich. Bei *dem* Licht sieht man wirklich nicht viel. Warum macht Hamster nicht die Deckenbeleuchtung an? Sonst tut er immer so, als sei er hier zu Hause. Dann muß er sich doch jetzt nicht wie ein Einbrecher herumschleichen. Es sei denn, er hat etwas zu verbergen.

Heinzi und ich standen regungslos neben der großen Zimmerlinde und hofften, bloß nicht entdeckt zu werden. Hamster drehte uns den Rücken zu, und dann tat er etwas sehr Komisches: Er öffnete alle Schubladen der Anrichte und wühlte darin herum, vorsichtig bemüht, kein lautes Geräusch zu verursachen.

Wollte er Messer, Gabeln und Löffel zählen? Ich konnte mir sein Verhalten nicht erklären, bis ich bemerkte, daß er die ganze Anrichte abtastete. Suchte er vielleicht ein Geheimfach?

Jetzt drehte er sich um und ließ den Strahl seiner Taschenlampe im Eßzimmer herumleuchten. Was suchte er bloß? Gleich würde er etwas gefunden haben, nämlich uns! Heinzi krallte vor lauter Nervosität seine Hand in meinen Oberarm. Gleich würde …

»Au, verdammt!« hörten wir plötzlich halblautes Fluchen. »Dieser blöde Heinzi!«

Hamster humpelte aus dem Zimmer. Eine Weile standen Heinzi und ich noch still, bis die Luft rein war. Dann lachte Heinzi halblaut auf und ging zum Tisch.

»Ja, das tut weh, vor allem, wenn man barfuß ist«, bestätigte er fachmännisch und hob ein spitzes Legoteilchen auf. »Manchmal ist es doch ganz gut, wenn man nicht so sorgfältig aufräumt.«

6

»Also, wir wissen jetzt, daß Hamster nachts durch das Haus schleicht und irgend etwas sucht«, faßte Ev unsere Beratung zusammen. »Wir wissen aber nicht, was er sucht.« Bei diesen Worten sah sie mich vorwurfsvoll an.

Heinzi nahm mich in Schutz: »Das konnte man einfach nicht rauskriegen. Wir vermuten nur, daß er es nicht gefunden hat, sonst hätte er nicht weitergesucht.«

Das war logisch. Ev hatte überhaupt keinen Grund, mir irgendwelche Vorwürfe zu machen. Schließlich war ich doch derjenige gewesen, der Hamster nachts entdeckt hatte.

Ev fragte: »Aber was machen wir jetzt?«

Die Frage war berechtigt. Irgend etwas schien in der Luft zu sein, irgend etwas veränderte sich. Tante Sabine ließ uns eigentlich machen, was wir wollten. Sie kümmerte sich fast gar nicht mehr um uns. Anstelle einer gesunden Ernährung gab's Vitamintabletten und Fertigpizza zum Mittagessen. Ich esse zwar gerne Pizza, aber bitte nicht vier Tage hintereinander. Niemand interessierte sich für unsere Fingernägel. Ob wir den Hals und die Füße gewaschen hatten, schien Tante Sabine reichlich egal zu sein. Meistens verschwand sie sofort nach dem

Mittagessen und kam erst kurz nach halb acht wieder zurück. Hamster tauchte auch sehr unregelmäßig auf. Wenn er da war, saß er meistens vor dem Fernseher und trank Bier. Unsere Hausaufgaben schienen ihn nicht mehr zu interessieren.

Einmal ertappte ich ihn, als er mitten im Wohnzimmer stand und etwas vor sich hin murmelte. Ich konnte es nicht genau verstehen, aber es klang so wie: »Wo hat sie bloß …?« Als er mich sah, drehte er sich schnell um und ließ sich wieder in den Fernsehsessel sinken.

Daß irgend etwas los war, konnte man also förmlich riechen. »Ich glaube, wir müssen uns beeilen«, meinte Ev nachdenklich und gab Heinzi einen leichten Klaps auf die Hand. Der kaute nämlich mittlerweile an seinen Fingernägeln herum. »Laß das! Davon wird's auch nicht besser.«

Wir grübelten alle drei. Dann machte ich einen Vorschlag: »Vielleicht sollten wir uns mal an die Heiratsvermittlung wenden. Das ist doch eine heiße Spur.«

Ev starrte mich entgeistert an. »Wie stellst du dir das vor? Sollen wir vielleicht hingehen und sagen: ›Wir glauben, dieser Traummann ist ein Heiratsschwindler‹?«

Ein bißchen mehr Phantasie hätte ich meiner Schwester schon zugetraut. Ich tippte leicht gegen meine Stirn. Aber bevor wieder ein Streit entstand, lächelte ich und sagte: »Nein, liebes Schwesterherz, wir machen das Ganze telefonisch. Du rufst an und sagst, du interessierst dich für den Traummann.«

»Deine Idee ist gar nicht mal schlecht«, stimmte Ev

nach kurzem Zögern zu. »Am Telefon hält man mich bestimmt für achtzehn. – Dann ist man nämlich heiratsfähig«, erklärte sie Heinzi, der sie verständnislos anstarrte.

»Willst du denn heiraten?« fragte er.

Wie konnte man nur so begriffsstutzig sein!

»Ja, und sie will Jürgen Kremer heiraten«, spottete ich.

Jetzt hatte auch Heinzi kapiert. »Ja, klar«, lachte er, »wir müssen nur rauskriegen, ob er's wirklich ist, und dann …«

In der Schule entwarf ich einen genauen Plan, wie wir bei dieser Partnervermittlung vorgehen wollten. Die Deutschstunde war dafür besonders geeignet. Einer mußte an der Tafel Wortarten bestimmen. Der Rest der Klasse döste vor sich hin, der Lehrer schlief auch schon halb – kein Wunder bei diesem langweiligen Stoff –, nur ich war fleißig. Auf einem Löschblatt notierte ich alles, was Ev herauskriegen sollte.

»Seht euch mal unseren Neuen an!« hörte ich da plötzlich den Deutschlehrer sagen. Alle drehten sich zu mir um. Am liebsten wäre ich im Boden versunken. Ich kannte solche Situationen. Meistens gab es dann furchtbaren Ärger.

»Ja«, bekräftigte der Lehrer, »unser Neuer, der schreibt wenigstens mit. Ihr könntet euch mal ein Beispiel an ihm nehmen.«

Schnell ließ ich den Zettel mit den Notizen in einem Heft verschwinden. Sollte der Lehrer jetzt auf die Idee kommen, mein Blatt ein bißchen genauer anzuschauen, dann hätte er keine Eigenschaftswörter und Tätigkeitswörter entdeckt, sondern merkwürdige Formulierungen wie: ›Wie teuer ist die Heiratsvermittlung?‹ und: ›Prüfen Sie Ihre Kunden gründlich?‹ oder: ›Hat der Traummann noch besondere Auffälligkeiten?‹

Nachmittags wollten wir unseren Anruf starten. Auf dem Heimweg von der Schule übte Ev schon mal, mit tiefer Stimme zu reden.

»Also ich finde, es klingt furchtbar verstellt«, kritisierte Heinzi nach einer Weile.

»Dann mach's doch besser«, gab Ev zurück und schien beleidigt. »Außerdem tut mir jetzt der Hals weh vor lauter tiefem Sprechen.«

Heinzi schwieg bekümmert und biß an seinen Fingernägeln herum. Ich betrachtete ihn mit Sorge. Viel war von seinen Nägeln nicht mehr übrig, und wenn er nicht aufhörte, mußte er irgendwann an den Fußnägeln weitermachen.

Ich hatte wohl laut gelacht, denn die beiden sahen mich erstaunt an. »Ev, deine Stimme klingt so erwachsen, daß du dich nicht verstellen mußt«, besänftigte ich sie. »Und wenn sie was merken, dann legst du einfach auf.«

Vor dem Haus parkten der BMW und Tante Sabines altes Auto. Der BMW stand natürlich wieder auf dem Bürgersteig. Wenn man vorbei wollte, mußte man auf die Straße. Ich mußte an Mama denken; über so was konnte sie sich hervorragend aufregen.

Papa erzählt jedes Jahr, wie Mama mal einen Autofahrer gezwungen hatte, sein Auto ordentlich zu parken. »Bürgersteig heißt das. Soll ich Ihnen das buchstabieren?« erklärte sie dem Mann, der genau vor unserem

Haus geparkt hatte. »Und dort ist die Straße!« Sie deutete auf die Straße. Der Mann blickte sie verständnislos an. Frau Kleinschmitt, die im Garten stand, war neugierig näher gekommen. Und dann erklärte Mama dem Mann genau, wozu es Straßen gibt, wozu Bürgersteige und daß sie Leute bescheuert findet, die ihr Auto mitten auf den Gehweg stellen. Sie setzte ihm das alles wie einem kleinen Kind auseinander, bis irgendwann oben das Fenster aufging und Papa herausschaute.

»Oh, Herr Professor Winkels, das ist aber eine Überraschung!« rief er laut. Da fiel bei Mama der Groschen. Papa sollte nämlich an der Universität einen Job bekommen. Der Professor war höchstpersönlich vorbeigekommen, um sich seinen neuen Mitarbeiter mal anzusehen.

Daß Papa nach diesem Ereignis den Job nicht bekam, war klar. Mama tröstete ihn: »Hör mal her, für einen Kerl, der sein Auto nicht mal richtig parken kann, brauchst du nicht zu arbeiten.«

Ach, Mama! Was machte sie wohl jetzt? Morgen würde ich ihr einen langen Brief schreiben und außerdem endlich mal die Socken wechseln. Aber bevor ich mir noch mehr vornehmen konnte, kam uns Tante Sabine entgegen.

»So, das Essen ist fertig« begrüßte sie uns. »Freut ihr euch schon?«

Ich zog ein langes Gesicht. Der fünfte Tag mit Pizza, das hält man nicht aus. Wenn ich dann noch an den Pizza-Express zu Hause dachte, wurde mir ganz schlecht.

Aber wie staunte ich, als ich das Eßzimmer betrat. Auf dem Tisch standen Suppenteller. Dessertschälchen waren auf der Anrichte aufgebaut. Und Tante Sabine servierte uns – ein fünfgängiges Menü! Hamster schmatzte zufrieden vor sich hin. Nach der Schokoladencreme klopfte er an sein Glas und erhob sich langsam. Seiner Miene war zu entnehmen, daß er etwas ungeheuer Wichtiges zu sagen hatte. Klar, er wollte eine Rede halten. Ich seufzte innerlich und häufte mir vorsichtshalber noch mal Schokocreme auf meinen Teller. Das konnte jetzt länger dauern. Ich kannte das schon.

Herr Kremer räusperte sich und sagte: »Ich will es ganz kurz machen.« Den Anfang kenne ich, das sagt Papa auch immer. »Also, ich will es, wie gesagt, ganz kurz machen. Die liebe Sabine und ich heiraten nächste Woche!«

Heinzi, Ev und ich warfen uns erschrockene Blicke zu. Jetzt mußten wir uns aber beeilen. Tante Sabine schien von unserer Aufregung nichts zu merken. Sie lächelte nur glücklich und sagte: »Nachher gibt's noch 'ne große Schwarzwälder Kirschtorte zur Feier des Tages.«

Ziemlich betreten schlichen wir nach oben. »Ich rufe gleich bei der Heiratsvermittlung an«, versprach Ev. Zu mir gewandt, fuhr sie fort: »Gib mir doch mal die Fragen, die du dir überlegt hast!«

Heinzi warnte: »Vor allem müssen wir mit dem Anruf warten, bis die zwei aus dem Haus sind. Sonst merken die noch was.«

Ev war wieder beleidigt. »So schlau war ich auch schon. Ruft mich halt, wenn die Luft rein ist.« Sie knallte die Tür hinter sich zu, so daß Heinzi sich die Ohren zuhielt. »Manchmal stelle ich es mir ganz schön anstrengend vor, eine Schwester zu haben«, sagte er mitfühlend.

»Na ja, manchmal sind große Schwestern auch ganz praktisch«, verteidigte ich Ev, »aber laß uns lieber jetzt gucken, ob Hamster und Tante Sabine schon weg sind.«

Wir schlichen wieder die Treppe hinunter und spähten ins Wohnzimmer. Da saßen die beiden vor dem Fernseher, und jeder hatte ein großes Stück Kuchen vor sich.

»Oh, ihr seid's«, murmelte Tante Sabine schuldbewußt, als sie uns sah. »Ihr kriegt natürlich auch gleich ein Stück Kuchen.«

Heinzi und ich winkten ab. »Nein, wir wollten nur ...« Heinzi murmelte etwas Unverständliches, und dann gingen wir wieder hoch.

»Das kann ja heiter werden«, seufzte ich. »Sonst ist nie jemand da, und heute sieht es so aus, als seien die beiden hier festgewachsen.«

»Vielleicht sollten wir erst mal für die Mathearbeit morgen lernen«, schlug Heinzi schüchtern vor. Ich sah ihn an. Oje, das hatte ich völlig vergessen. Die Mathearbeit bei Herrn Schneckenburger!

»Also beides geht nicht. Wir brauchen die Zeit, um dir eine schlimme Zukunft mit Hamster als Vater zu ersparen«, klärte ich Heinzi auf. »Was ist dir wichtiger: eine gute Mathearbeit oder ein glückliches Leben?«

Heinzi hätte am liebsten »beides« gesagt, aber er traute sich nicht.

»Na ja«, lenkte ich ein, »wir können uns ja zur Beruhigung noch einen Spickzettel schreiben, dann haben wir ein gutes Gefühl.«

Heinzi sah mich entsetzt an und fragte: »Einen Pfuschzettel?«

»Ja, von mir aus. Du kannst das ›Pfuschzettel‹ oder ›Spickzettel‹ nennen. So einen kleinen Zettel, den man vor der Arbeit versteckt, und dann …«

Heinzi wirkte ziemlich schockiert. »Aber das ist doch verboten!«

Innerlich holte ich tief Luft. Der Heinzi war wirklich ein echter Angsthase.

»Hast du denn schon mal einen Spickzettel …?« wollte er jetzt wissen.

»Klar, schon oft!« sagte ich im Brustton der Überzeugung. Es stimmte zwar nicht so ganz, aber vor Heinzi wollte ich mir keine Blöße geben.

Er sah mich bewundernd an und fragte: »Bist du erwischt worden?«

»Nein, also nicht so richtig«, antwortete ich ihm zögernd.

Ich mußte ihm ja nicht auf die Nase binden, daß mir ausgerechnet in der vorletzten Mathearbeit mein Spicker auf den Boden gefallen war. Damals wurde mir ganz schwarz vor Augen. Ich dachte, das müßte das Ende meiner Schullaufbahn sein. Ich sah schon Mama und Papa beim Direktor sitzen, der es ihnen gleich offiziell mitteilen würde …

Herr Nonning hatte zu meinem Pech gesehen, wie der Spicker zu Boden gefallen war. Er kam langsam näher. Ich versuchte noch, mit der Fußspitze den Zettel zu angeln, aber vergeblich. Herr Nonning hatte sich schon gebückt. Ich glaube, alle in der Klasse hielten den Atem an.

Herr Nonning sah mich streng an und sagte: »David, wie oft habe ich euch schon gesagt, ›Abfall gehört in den

Papierkorb‹? Oder werft ihr zu Hause den Müll auch einfach auf den Boden?« Er zerknüllte meinen Spickzettel und warf ihn in hohem Bogen direkt in den Abfalleimer neben dem Waschbecken. Danach schwor ich mir, nie wieder einen Spicker zu benutzen.

Jetzt aber ging es halt nicht anders. Ich beruhigte mein Gewissen damit, daß hier eine Notsituation vorlag, und machte mich daran, für Heinzi und mich einen grandiosen Pfuschzettel zu basteln.

Heinzi sah mir fasziniert zu. »Und du glaubst, daß das funktioniert?« fragte er ungläubig, als ich den Zettel, den ich mit Maßeinheiten fein säuberlich vollgeschrieben hatte, auf einen Bierdeckel klebte.

Ich nickte nur. »Du kannst mir mal einen Reißnagel besorgen«, schlug ich ihm vor, »dann siehst du mal, wie gut das klappt. Und schau gleich mal, ob Hamster und Tante Sabine inzwischen weg sind.«

Heinzi kam mit einer Schachtel Reißzwecken und einer schlechten Nachricht zurück: »Sind immer noch da!«

»Gut, dann gehen wir eben zu einer Telefonzelle«, schlug ich vor. »Das ist zwar etwas ungemütlich, aber wir müssen eben auch Opfer bringen.«

Heinzi blickte ziemlich trübsinnig nach draußen und sagte: »Erstens regnet es furchtbar, zweitens gibt es hier in Bayrisch-Grön nur *eine* Telefonzelle, und drittens ist die seit zwei Wochen kaputt.«

Der nächste Tag begann mit einer erfreulichen Nachricht. Tante Sabine teilte uns mit, daß sie leider mittags nicht da sei. Sie müsse nämlich noch mal das Brautkleid anprobieren, und wir sollten uns doch mal wieder eine Pizza in den Backofen schieben.

»Man muß nur warten können«, meinte Ev befriedigt, als wir zusammen zur Schule gingen. »Heute nachmittag können wir telefonieren, solange wir wollen.«

Diesmal waren wir ausnahmsweise früher dran als sonst. Schließlich mußte erst mal unser Spickzettel installiert werden. Im Klassenzimmer war zum Glück noch niemand. So konnte ich unbemerkt arbeiten.

»Bleib du draußen vor der Tür!« befahl ich Heinzi. »Wenn jemand kommt, dann singst du laut.«

»Was soll ich denn singen?« wollte Heinzi wissen.

»Ist doch egal. Von mir aus ›Hänschen klein‹«, schlug ich vor. Dann holte ich Hammer und Reißzwecke aus meiner Schultasche und befestigte mit drei kurzen Schlägen den Bierdeckel an der Unterseite meiner Bank. Mit einem Handgriff konnte man den Spicker vor- und zurückdrehen. Ich nickte zufrieden und holte Heinzi wieder herein. Der Ärmste war ganz aufgeregt. Kein Wunder, es war ja auch seine erste Schummelei.

»Also, so funktioniert das«, erklärte ich ihm das Patent noch einmal. »Soll ich jetzt deinen auch anbringen?«

Heinzi konnte nur nicken, so nervös war er. Na, hoffentlich vermasselte er die ganze Sache nicht. Ohne Spickzettel sah es bei mir ziemlich düster aus, mußte ich selbstkritisch eingestehen.

Herr Schneckenburger kam pünktlich mit dem Läuten. Unter dem Arm trug er einen Stapel Hefte. Ich blickte Heinzi aufmunternd an. Eigentlich war alles klar.

»David, du nimmst das Klassenarbeitsheft deiner alten Schule«, sagte Herr Schneckenburger. Er hatte gerade die anderen Hefte ausgeteilt und wollte uns die Aufgaben erklären, als er plötzlich innehielt. Dann sagte er: »Anna-Lena und Julia, ihr seid zwei alte Schwatzbasen. Euch kann ich unmöglich in der letzten Reihe sitzen lassen. Am besten tauscht ihr mit ...« Herr Schneckenburger blickte sich in der Klasse um. »Ja, tauscht mit Heinzi und David eure Plätze!«

Alle vier protestierten wir zwar noch, aber es half alles nichts. Heinzi und ich mußten in die letzte Bank, und Anna-Lena und Julia durften sich auf unsere Plätze setzen. Die beiden saßen direkt vor einem Super-Spickzettel, aber sie ahnten es nicht einmal.

Ich blickte mich in der Klasse um. Die meisten schrieben schon etwas ins Heft. Links von mir saß Oliver und versuchte, einen langen Hals zu machen, um in Peters Heft schauen zu können. Aber Peter zog sein Heft einfach zur Seite. So was Gemeines! Ich hätte Heinzi gerne abschreiben lassen, aber leider fiel mir auch nichts ein. Wie gut, daß die Eltern in Afrika waren, dann mußte ich ihnen wenigstens nicht diese mißratene Mathearbeit zeigen.

Inzwischen versuchte Oliver, von seinem Vordermann Informationen zu bekommen. Er bohrte Dirk ein Lineal in den Rücken und flüsterte recht laut: »Nummer zwei, Nummer zwei!«

Herr Schneckenburger war mittlerweile auf ihn aufmerksam geworden. »Was machst du denn da?« wollte er wissen.

»Ich ... ich wollte Dirk nur fragen, ob ich ein Lineal haben kann«, stotterte Oliver.

»Ein Lineal?« fragte Herr Schneckenburger ungläubig. »Ein Lineal?« Die ganze Klasse guckte jetzt neugierig. »Womit fuchtelst du denn die ganze Zeit herum?«

Oliver ließ das Lineal, das er in der rechten Hand hielt, sinken und war für den Rest der Stunde still.

Heinzi und ich unternahmen noch ein paar halbherzige Versuche, die Aufgaben doch zu lösen. Aber es klappte nicht. Vergeblich versuchte ich mich zu erinnern, was ich denn gestern auf die beiden Spickzettel geschrieben hatte. Wir waren beide froh, als es endlich läutete und Herr Schneckenburger die Arbeiten einsammelte. Als in der großen Pause niemand mehr im Klassenzimmer war, entfernten wir schnell die unbenutzten Spickzettel.

»Das Prinzip ist eigentlich ganz prima«, versuchte Heinzi mich zu trösten. »Man kann ja nicht wissen, daß man weggesetzt wird.«

Beim Mittagessen – Pizza Margherita – war unsere Laune wieder besser.

»Jetzt geht's los!« sang Ev fröhlich. »Komm, David, gib mir mal das Blatt mit den Fragen, die ich denen stellen soll.«

»Moment, kommt sofort«, versprach ich ihr und rannte die Treppe hoch. In welches Heft hatte ich das Blatt denn gelegt? Ich suchte und suchte.

»Wie lange brauchst du denn noch?« wollte Ev schließlich ungeduldig wissen, als ich nach einer Weile wieder herunterkam.

»Dir müssen halt selber Fragen einfallen«, sagte ich. Ich

hatte ein schlechtes Gewissen, denn ich hatte den Zettel eindeutig verschlampt.

Ev murmelte etwas wie: »Ist ja wieder typisch«, machte sich dann aber selbst daran, wichtige Fragen aufzuschreiben. Dann waren wir endlich soweit, daß wir anrufen konnten.

»Ich bin ja furchtbar aufgeregt«, meinte Heinzi und kaute wieder an seinen Fingernägeln. Auch Ev sah etwas unsicher aus.

»Könnt ihr zwei vielleicht rausgehen, solange ich telefoniere?« bat sie uns. Schade, ich hätte gern gehört, wie Ev sich als heiratswillige Achtzehnjährige ausgab. Etwas widerwillig verließen Heinzi und ich das Wohnzimmer. Ich zwinkerte ihm zu. Er kapierte sofort. Vor der Tür blieben wir stehen und lauschten. »... einen blöden Bruder, und der Heinzi ist auch nicht besser«, hörten wir Ev sagen.

Wie bitte? Was sollte denn das? Bevor wir darüber nachdenken konnten, wurde von innen die Tür aufgerissen, und Ev stand wütend vor uns. Sie schimpfte: »Der Lauscher an der Wand hört seine eig'ne Schand'. – Ich hab euch beiden doch genau gesagt, daß ich *allein* sein will, wenn ich telefoniere. Und wenn ihr jetzt nicht abhaut, dann könnt ihr das ohne mich erledigen.«

Vorsichtshalber gingen wir in Heinzis Zimmer. Dort konnten wir garantiert nicht lauschen. Heinzi setzte sich auf sein Bett und schien zu überlegen.

»Eigentlich ist es schade, daß wir uns so lange nicht gekannt haben«, sagte er schließlich. »Ich finde es viel schöner, seitdem ihr zwei da seid.«

Das war ja ein echtes Kompliment. Ich wußte gar nicht, was ich darauf sagen sollte, da platzte Ev ins Zimmer.

»Erzähl, was hast du rausgekriegt?« bestürmte ich sie.

»Na, er wird von Interpol gesucht, und wir kriegen eine Belohnung in Höhe von 100 000 Mark!«

Heinzi strahlte. »Das ist ja super!«

Ev schüttelte nur den Kopf. »Ihr habt doch keine Ahnung. Typisch Jungs! Glaubt ihr vielleicht, die binden mir alles über ihre Kunden auf die Nase? Nein, von wegen!«

Dann erzählte Ev uns von ihrem mißlungenen Versuch. »Die wollten alles mögliche über mich wissen, Alter, Haarfarbe, und so weiter. Als ich sagte, ich interessiere mich für den Traummann Albert aus der Mittwochsausgabe der Zeitung, da hieß es, ich müsse persönlich vorbeikommen. Immerhin, für junge Damen ist es wohl kostenlos.«

Ein schöner Trost! »Hast du denn gar nichts über ›Traummann Albert‹ erfahren?« bohrte ich nach.

Ev schüttelte den Kopf. »Nein, das war eindeutig ein Fehlschlag«, seufzte sie. »Wir müssen uns was Besseres einfallen lassen.«

Als Tante Sabine abends nach Hause kam, saßen wir in der Küche und schwiegen uns an.

»Ich versteh das nicht«, wunderte sie sich. »Heute regnet es mal nicht, und ihr sitzt hier drinnen, anstatt wie andere Kinder draußen zu spielen. – Na, morgen nehme ich euch mit zur Anprobe.« Dann schwärmte sie uns von ihrem Brautkleid vor. Ev war die einzige, die halbwegs interessiert zuhörte und immer wieder »Ah ja« einwarf.

»Die Hochzeitsreise machen wir nach Südamerika, aber natürlich erst dann, wenn eure Eltern wieder zurück sind«, erklärte uns Tante Sabine.

»Und ich?« wollte Heinzi wissen.

Tante Sabine verzog ärgerlich das Gesicht. »Aber Heinzi, wir haben doch schon so oft darüber geredet. Das Internat ist ganz hervorragend, und du besuchst uns dann immer in den Ferien. – Heinzi!«

Der Angesprochene hörte nicht mehr, denn er hatte schon die Küche verlassen.

»Warum kann Heinzi denn nicht hier wohnen bleiben?« erkundigte sich Ev.

»Na ja, das wäre schwierig.« Tante Sabine druckste herum. »Ihr seid noch Kinder. Das könnt ihr nicht verstehen.«

Ich konnte das sehr gut verstehen. Heinzi sollte einfach ins Internat abgeschoben werden, damit sich der blöde Hamster hier breitmachen konnte. Aber Moment mal, wenn Hamster ein Heiratsschwindler war, dann würde er Tante Sabine ja gar nicht heiraten! Und Heinzi mußte gar nicht ins Internat! Plötzlich kapierte ich überhaupt nichts mehr.

Ich gab Ev ein Zeichen, und wir standen auf, um ebenfalls die Küche zu verlassen.

»Sag mal, kapierst du, was hier gespielt wird?« fragte ich Ev, als wir die Treppe hinaufstiegen.

Ev nickte. »Ich kapiere schon, was hier gespielt wird. Ein Heiratsschwindler hat es nämlich auf Geld abgesehen. Ich vermute, er versucht, soviel Geld wie möglich von Tante Sabine zu kriegen, und vielleicht genauso von dieser Frau Edel. Irgendwann haut er ab, wahrscheinlich nach Südamerika.«

»Dann müssen wir Tante Sabine eben warnen. Wir müssen ihr sagen, daß Hamster ein Heiratsschwindler ist.«

Ev lachte nur. »Meinst du, sie glaubt uns das? Nie im Leben! Nein, sie denkt nur, wir wollten Heinzi vor dem Internat retten!«

»Und wenn wir zu Frau Edel gehen und ihr die ganze Sache erzählen?« fragte ich.

Ev überlegte eine Weile. »Vielleicht hast du recht. Auf alle Fälle müssen wir uns beeilen. Es ist schließlich nicht mehr lange bis zur Hochzeit.«

»Wir können morgen auf keinen Fall zur Schule gehen«, verkündete Ev abends, als wir in ihrem Zimmer saßen und wieder einmal Kriegsrat hielten.

»Es gibt nämlich Neuigkeiten!« Dabei setzte sie eine bedeutungsvolle Miene auf. »Ja, ich mach's jetzt schon wie ihr. Ich lausche. Aber es ist schließlich wichtig, genau zu wissen, was Hamster macht.«

»Und was macht er?« fragte Heinzi.

Ev fuhr fort: »In ein paar Tagen haben Tante Sabine und er einen Termin bei der Bank. Es geht um irgendeine Kontovollmacht. Wenn er die hat, dann verschwindet er auf Nimmerwiedersehen.«

»Ja bestens.« Heinzi war ganz glücklich. »Dann sind wir ihn endlich los, und ich muß nicht ins Internat.« Ev sah mich an und schüttelte nur den Kopf. In dem Moment dachten wir beide das gleiche: Manchmal war

Heinzi wirklich nicht der Hellste. Für ihn war es tatsächlich ein echter Glücksfall, daß wir beide hier aufgetaucht waren.

Ev sagte milde: »Er haut aber erst ab, wenn er euer ganzes Konto leergeräumt hat.«

Jetzt guckte Heinzi aber erschrocken. »Meint ihr wirklich? Das wäre ja schlimm. Mama spart nämlich seit ein paar Jahren, weil sie sich selbständig machen will. Und neulich hat sie gesagt, daß jetzt langsam genügend Geld da sei, um das Geschäft aufzubauen, und sie müßte dann nicht mehr anderen Leuten irgendwelche Versicherungen verkaufen. – So ein Schuft, dieser Hamster.«

7

Na endlich hatte Heinzi die Tragweite dieser Angelegenheit kapiert. Jetzt war es auch nicht mehr schwer, ihn davon zu überzeugen, daß wir am nächsten Tag zu Hause bleiben mußten.

»Laß dir bloß nicht anmerken, daß du alles weißt«, warnte Ev ihn noch, als der Gong zum Abendessen ertönte. »Am besten tust du einfach so, als ob dir schlecht ist, dann brauchst du nichts zu sagen.«

Hamster war wieder mal allerbester Laune. Er hatte sich die Brötchen, die noch vom Frühstück übrig waren, getoastet und auf seinen Teller gelegt. Wir anderen durften dann eben Brot essen. Tante Sabine schien das alles nicht zu stören. Sie machte ein honigsüßes Gesicht und fragte ihn: »Soll ich dir deine Brötchen schmieren?« Der Typ nickte doch tatsächlich mit dem Kopf. Daß er sich nicht noch füttern ließ! Das Telefon klingelte.

»David, geh du bitte!« bat mich Tante Sabine. »Du siehst ja, ich bin beschäftigt.«

Eigentlich wollte ich mich schon mit »Pizza-Service« melden, da fiel mir noch rechtzeitig ein, daß ich ja in Bayrisch-Grön war. War das jetzt ein Zeichen, daß ich mich hier schon wie zu Hause fühlte?

Am Telefon war das Autohaus Berninger. Ein Mitarbeiter wollte unbedingt Herrn Kremer sprechen. Ich überlegte blitzschnell. Vielleicht war das wichtig.

»Am Apparat!« flüsterte ich.

»Wie bitte, ich kann Sie nicht verstehen.«

»Ich bin heiser. Ich kann nicht lauter reden«, flüsterte ich wiederum und versuchte, mit dem Fuß die Wohnzimmertür zuzudrücken. Hoffentlich glaubte der Mann am anderen Ende der Leitung mir. Er schien tatsächlich keinen Verdacht geschöpft zu haben.

»Oh, das tut mir aber leid«, sagte er mitfühlend. »Ich wollte Ihnen nur sagen, daß ich einen Käufer gefunden habe. Sie können das Geld dann wie gewünscht gleich bar bekommen.«

Ich murmelte etwas wie »Danke schön, komme morgen vorbei« in den Hörer und legte auf. Aha, Hamster will Tante Sabines Verlobungsgeschenk verkaufen. Klar, hier würde er den BMW nicht mehr brauchen!

Als ich ins Eßzimmer kam, wollte Tante Sabine gleich wissen, wer angerufen hatte. »Es war ... ja also ...« stotterte ich herum. Verflixt, mir fiel wirklich niemand ein, mit dem ich hier längere Zeit telefonieren könnte.

»Du kannst es ja zugeben«, Heinzi sah mich beschwörend an, »daß du hier 'ne Freundin hast.«

Ev verschluckte sich fast vor Lachen. Ich warf ihr einen warnenden Blick zu.

»Aha«, grinste Hamster, »der kleine Schwerenöter.« Und dann erzählte er ein paar lahme Witze, über die niemand außer Tante Sabine lachte. Erst als er bemerkte: »Ich glaube, mein Hamster bohnert!« lachten Ev, Heinzi und ich los. Den Witz konnte er einfach nicht kapieren. Aber wir wurden schnell wieder ernst, als wir an die Aufgabe dachten, die noch vor uns lag.

Es fiel uns nicht besonders schwer, am nächsten Morgen ziemlich blaß auszusehen.

»Wenn's euch schlecht ist, könnt ihr auf keinen Fall zur Schule gehen. Am besten legt ihr euch gleich wieder ins Bett. Wollt ihr eine Tasse Tee?« fragte Tante Sabine und versprach, so schnell wie möglich wieder zurückzukommen. Zusammen mit Hamster verließ sie das Haus.

»Jetzt frühstücken wir aber erst mal richtig, bevor wir uns an die Arbeit machen.« Heinzi hatte schon den Tisch gedeckt, und wir wollten uns gerade setzen, als die Haustür aufgeschlossen wurde. Tante Sabine hatte etwas vergessen. Verdutzt schaute sie auf den gedeckten Tisch.

»Aber ich denke ...«, begann sie.

»Wir wollten euch eine Freude machen und haben den Tisch schon für heute mittag gedeckt«, sagte Ev geistesgegenwärtig und lächelte. Tante Sabine war ganz gerührt. »Ach, ihr seid ja so liebe Kinder. Und dabei geht's euch doch so schlecht.«

Hätte Tante Sabine genauer geschaut, dann hätte sie sich gewundert, warum wir fürs Mittagessen das Frühstücksgeschirr gedeckt hatten. Aber sie hatte es eilig.

»Sie hat mein Sparbuch eingesteckt«, murmelte Heinzi, als die Tür hinter Tante Sabine ins Schloß gefallen war. »Ich hab's genau gesehen.«

Ich runzelte die Stirn. Hoffentlich klappte der Plan, den ich mir heute nacht ausgedacht hatte.

»Also«, verkündete ich mit vollem Mund, »ich rufe jetzt bei Frau Edel an.«

Heinzi und Ev schickte ich raus, denn auch ich wollte bei meinem Telefonat allein sein. Als ich das Telefonbuch aufschlug, verließ mich einen Moment lang der Mut. Es gab sieben verschiedene Edels. Welche davon war die richtige?

Metzgerei Edel? Also wie eine Metzgersgattin hatte die Frau nicht gewirkt. Aber vielleicht war's die Tochter. Kurz entschlossen wählte ich die angegebene Nummer.

»Metzgerei Edel«, meldete sich ein Mann.

»Kann ich bitte Frau oder Fräulein Edel sprechen?«

»Ich bin nicht verheiratet und werd's auch nie sein«, lachte der Metzger.

Ich entschuldigte mich und legte auf, als er mir das Sonderangebot des Monats, »100 Gramm Kalbslyoner für 98 Pfennig«, anbot. Danke, ich hatte gerade gefrühstückt.

Welche der restlichen sechs Nummern war es wohl? War es Olivia Edel oder Heike Antes-Edel? Komische Namen hatten die Leute. Ich beschloß, Heinzi und Ev um Rat zu fragen.

»Ich würde es bei Hanna Edel versuchen«, riet Heinzi mir.

»Und warum?«

»Sie hat eine Nummer, bei der keine Straße dabeisteht. Vielleicht …« Es klang zwar nicht besonders überzeugend, aber mit irgendeiner Nummer mußte ich es ja versuchen. Ich wählte und wartete ab. Das Telefon klingelte mindestens zehnmal. Ich wollte schon auflegen, als endlich abgenommen wurde.

Ich hörte ein undeutliches Grunzen am anderen Ende der Leitung. Gerade wollte ich fragen: »Kann ich bitte Frau Edel sprechen?«, da kam mir ein furchtbarer Verdacht. Vielleicht war es Hamster, der ins Telefon grunzte. Vorsichtshalber sagte ich gar nichts mehr, sondern wartete ab.

»Wer is' denn da?« scholl mir tatsächlich Hamsters Stimme ins Ohr. »Los, melden Sie sich mal!«

Behutsam legte ich den Hörer wieder auf. Uff, das wäre fast schiefgegangen.

»Er war es«, sagte ich.

»Was machen wir jetzt?« fragte Heinzi.

»Wir können schlecht noch mal anrufen und Frau Edel verlangen«, sagte ich. »Zum Schluß erkennt er uns noch an der Stimme, und dann ...«

»Aber wie erreichen wir die Frau sonst?« fragte Heinzi.

»Wir müssen wieder ins Café«, entschied Ev. Als sie meinen Blick sah, beruhigte sie mich: »Ich nehme mein Taschengeld mit, keine Sorge. Aber denkt dran: Es gibt nur Mineralwasser.«

Das Café öffnete gerade, als wir kamen. »Euch gefällt's wohl hier?« meinte die Bedienung, als sie uns sah. »Wie wär's denn mit heißer Schokolade? Heute im Sonderangebot!«

»Eigentlich wollten wir ja ein Mineralwasser, aber na gut, bringen Sie uns die Schokolade«, sagte Ev. Ich nickte ihr anerkennend zu. Jetzt war die Bedienung schon viel freundlicher.

Als sie uns die Schokolade brachte, verwickelte Ev sie

in ein Gespräch. »Es ist ganz merkwürdig. Diese Frau Edel, die immer kommt, sieht genauso aus wie eine Bekannte unserer Mutter.«

»Ja, so was kommt vor«, nickte die Bedienung und erzählte uns eine furchtbar verworrene Geschichte von einer Verwechslung. Wir kapierten zwar alle drei nicht, um was es da ging, aber wir lachten am Schluß brav mit, als sie meinte: »Das war lustig, Kinder, gell?«

Ev versuchte, das Gespräch wieder auf Frau Edel zu bringen. »Sie wohnt bestimmt hier in der Nähe, wenn sie so oft kommt?«

»Ja ja, sie hat nur ein paar Schritte, gleich drüben neben der Bushaltestelle wohnt sie, in dem schönen alten Haus«, sagte die Bedienung und deutete aus dem Fenster.

Ev bezahlte rasch und gab auch wieder 20 Pfennig Trinkgeld, denn die Information war wirklich wertvoll gewesen.

»Wir können nicht zu ihr gehen«, meinte Heinzi, als wir draußen waren, »vielleicht ist Hamster immer noch da.«

Andererseits konnten wir schlecht den ganzen Tag mit Nichtstun verbringen. Außerdem mußten wir zum Mittagessen wieder zu Hause sein. Tante Sabine würde sich sonst ernsthaft Gedanken um uns machen. Nach kurzer Beratung beschlossen wir, uns erst mal das Haus genauer anzusehen, um vielleicht auf eine neue Idee zu kommen.

»Die Leute sollten wirklich ihren Namen ordentlich auf die Türschilder schreiben«, beschwerte sich Ev, als wir vor dem Haus standen, in dem wir Hamster und Frau

Edel vermuteten. »Das kann ja kein Mensch lesen.« Sie zögerte einen Moment, dann legte sie ihren Finger einfach auf die oberste Klingel. Wir sahen uns gespannt an. »Was machen wir, wenn …«, wollte Heinzi wissen, aber da ertönte schon eine unwirsche Stimme aus der Sprechanlage. »Na endlich, ich dachte schon, Sie kommen heute gar nicht mehr. Stellen Sie die Blumen in den Flur, ich hol sie nachher!«

Der Türöffner wurde betätigt, und wir standen in einem ziemlich dunklen Hausflur.

»Na also, hat doch geklappt«, freute ich mich. »Jetzt gucken wir uns mal an allen Türen um und suchen Frau Edel.«

»Sollen wir ihr gleich sagen, daß er ein Heiratsschwindler ist?« fragte Heinzi, als wir uns im Treppenhaus umguckten. Eine alte Frau kam die Treppe herunter und fragte uns mit unfreundlicher Stimme: »Wo wollt ihr denn hin?«

»Zu Frau Edel«, sagte Ev ganz ehrlich.

Die Frau lachte kurz auf. »Die zieht grad aus!«

»Wie bitte, sie zieht aus?« fragte Ev, die hellhörig geworden war.

»Ja, die Edels ziehen aus. Hier stehen doch schon die ganzen Umzugskartons«, sagte die Frau und deutete mißbilligend auf sieben oder acht Kartons, die zusammengefaltet in einer Ecke lagen. »Versperren das ganze Treppenhaus, einfach unverschämt so was.« Die Alte war weitergegangen, und wir standen etwas ratlos im Treppenhaus herum.

Heinzi deutete auf die Milchglasscheibe am Eingang.

Jemand schloß gerade die Tür auf. »Könnte Frau Edel sein«, flüsterte Heinzi. »Komm, wir sagen ihr alles.«

Ich war vielleicht gespannt auf ihr Gesicht, wenn sie erfahren würde, daß sie einem Heiratsschwindler aufgesessen war. Die Frau müßte uns ja dankbar sein.

Plötzlich schob uns Ev zur Kellertreppe hin. Ich wollte protestieren – wozu hatten wir uns schließlich die Mühe gemacht, diese Frau zu finden –, da sah ich, daß Ev ganz blaß geworden war. Sie hatte den Zeigefinger auf die Lippen gelegt und sah uns beschwörend an. Sogar Heinzi kapierte das sofort. Frau Edel stand am Briefkasten und holte einen ganzen Packen Briefe heraus. In der linken Hand trug sie eine schwere Einkaufstasche, mit der rechten wedelte sie mit einem dicken Briefkuvert.

Inzwischen war die Treppenhausbeleuchtung angegangen. Oben hatte jemand eine Wohnungstür aufgeschlossen.

»Bist du's, Schatzi?« hörten wir Hamsters Stimme.

Frau Edel rief zurück: »Ja, und die Tickets sind da!«

Nachdem das Licht wieder ausgegangen war, standen wir bestimmt noch einige Minuten reglos am Kellereingang. Ev hatte immer noch den Zeigefinger auf dem Mund und wirkte ganz schockiert. »Das war aber knapp. Stellt euch vor, wir hätten der Frau alles erzählt. Die steckt ja wohl mit Hamster unter einer Decke.«

Heinzi und ich sahen sie entsetzt an. »Was sollen wir jetzt machen?« fragte Heinzi ziemlich ratlos.

»Ich schlage vor, wir gehen nach Hause und denken dort weiter darüber nach.« Mehr fiel Ev jetzt auch nicht ein.

Dementsprechend geknickt waren wir, als wir eine gute Stunde später zu Hause am Eßtisch saßen und überlegten. Tante Sabine war zum Glück noch nicht zurück. Wahrscheinlich hatte sie vergessen, daß wir krank waren.

»Ich glaube, es hilft alles nichts. Wir müssen einen Erwachsenen fragen«, seufzte Heinzi. »Vielleicht sollten wir sogar zur Polizei gehen.«

Dafür hatte Ev nur ein verächtliches Lachen übrig. »Du liest wohl zuviel Detektivromane. Denkst du vielleicht, die würden uns glauben? Nein, ich werde erst mal die Eltern anrufen. Wozu haben die uns schließlich ihre Nummer gegeben? Vielleicht kann Mama Tante Sabine anrufen und irgendwas erreichen.«

»Aber es ist doch bestimmt furchtbar teuer, nach Afrika zu telefonieren«, warf Heinzi besorgt ein.

Ev runzelte mißbilligend die Stirn. »Wir machen es ja nicht zum Vergnügen, sondern für dich, mein Lieber.« Sie griff zum Telefonhörer. Ich hätte auch gern mit den Eltern gesprochen, traute mich aber nicht, Ev darum zu bitten. Mittlerweile verhielt sie sich nämlich wie unsere Chefin. »Hällou«, flötete sie jetzt in den Apparat, »ai will spiek Missis Zimtröter.« Sie wiederholte ihr Gestammel noch ein paarmal, wurde aber immer unsicherer dabei und brüllte endlich irgend etwas Unhöfliches, bevor sie den Hörer auf die Gabel fallen ließ.

Daß es schiefgegangen war, sahen wir. Ev heulte fast: »Mensch, der Typ in Afrika hat mein Englisch nicht verstanden, und ich seins auch nicht.«

Wäre ich boshaft gewesen, dann hätte ich Ev daran erinnert, wie sie immer mit ihren »hervorragenden« Englischkenntnissen angegeben hatte. Ich hätte sie auch daran erinnern können, daß sie im Zeugnis gerade mal eine Vier in Englisch hatte. Aber im Moment tat sie mir leid, und außerdem, was hätte ein Streit jetzt gebracht?

So beschlossen wir, mit Hilfe von Evs kleinem Wörterbuch lauter Sätze aufzuschreiben, die wir für ein späteres Telefonat gebrauchen könnten. Und damit verbrachten wir den Nachmittag.

Wenn jetzt jemand behauptet, Englisch sei doch ganz einfach – also ich muß sagen, mir hat's gereicht. Allerdings hatten wir hinterher eine ganze Reihe von schönen Sätzen auf dem Papier stehen, mit denen sich Ev bestimmt würde verständigen können.

Den Wecker hatten wir auf halb zwei gestellt. Mir war nämlich eingefallen, daß in Afrika die Uhrzeit ja eine andere war als hier, aber in der Eile hatten wir nicht herausbekommen, ob es dort früher oder später war.

»Halb zwei ist vernünftig«, hatte ich argumentiert. »Vier Stunden Zeitunterschied sind es bestimmt. Wenn's vier Stunden später ist, dann ist es dort halb sechs. So früh kann man schon mal ans Telefon gehen. Wenn's vier Stunden früher ist, dann ...« Weil ich im Kopf nicht so schnell ausrechnen konnte, wie spät es dann war, begnügte ich mich mit einem vielsagenden Gesichtsausdruck.

»Klar«, unterstützte mich Ev, »außerdem gehen die Eltern auch nicht so früh schlafen.«

Um halb zwei, kaum hatte der Wecker das erste Mal gepiepst, waren wir drei alle sofort hellwach. Auf Socken huschten wir die Treppe hinunter, vorbei an Tante Sabines Schlafzimmer, wo heute auch Hamster schnarchte. Ich streckte ihm noch schnell durch die geschlossene Tür die Zunge raus.

Behutsam schlossen wir die Wohnzimmertür, denn heute nacht durften wir auf keinen Fall erwischt werden. Wir wagten es nicht einmal, Licht anzumachen. Statt dessen begnügten wir uns mit dem Schein von Heinzis alter Taschenlampe. Er diktierte Ev die Telefonnummer, und dann warteten wir.

»Ich hab's jetzt zehnmal bimmeln lassen. Soll ich noch länger oder neu wählen?« überlegte Ev schließlich entnervt. Ich wollte gerade für sie auf die Gabel drücken, da jubelte Ev plötzlich: »Hallo Mama, ich bin's, Ev!«

Was dann folgte, war ein echtes Trauerspiel. Ev hörte Mama ganz hervorragend, so, als ob sie aus der nächsten Telefonzelle anriefe. Nur Mama hörte Ev nicht, absolut nicht.

Alles, was Mama zu hören kriegte, muß ein fürchterliches Rauschen gewesen sein, und ab und zu undeutliche Stimmen. Sie holte sogar Papa an den Apparat, und jetzt durfte ich ihn auch hören. Leider verstand er nicht, was wir am anderen Ende der Leitung flüsterten. Nein, flüstern ist dafür nicht das richtige Wort. Wir mußten wohl, ohne es zu merken, ziemlich laut geworden sein. Denn dann passierte das, was kommen mußte: Plötzlich stand Hamster mitten im Zimmer und schimpfte: »Was is'n hier los? Sabine, komm mal her, guck dir das mal an!«

Wir hatten zwar eilig den Telefonhörer aufgelegt; den Zettel mit der Telefonnummer und den englischen Sätzen hatte ich mir in die linke Socke gestopft. Trotzdem merkte man uns ganz deutlich an, daß wir etwas zu verbergen hatten.

»Ach Gott, was ist denn los?« Tante Sabine kam ziemlich schlaftrunken die Treppe herunter.

»Ich glaube, die telefonieren hier auf unsere Kosten«, sagte Hamster triumphierend. »Fühl mal, der Telefonhörer ist noch ganz warm.« Dabei grinste er hämisch. »Na wartet, wenn ich hier erst Herr im Haus bin, dann gibt's so was nicht mehr.«

Tante Sabine fuhr sich verlegen durchs Haar. »Ist ja gut, Jürgen«, murmelte sie, »aber jetzt ist es zehn vor zwei. Laß uns morgen darüber reden, ja?«

Hamster schüttelte nur seinen Glatzkopf, und die beiden marschierten in ihren geblümten Schlafanzügen wieder die Treppe hoch, Heinzi, Ev und ich mit einigen Metern Abstand hinterher.

Das erste, was uns am nächsten Morgen auffiel, als wir ziemlich müde ins Eßzimmer kamen, war ein großer Zettel von Tante Sabine:

Bin heute den ganzen Tag unterwegs.
Bitte keine Dummheiten machen!
Sabine

»Was meint sie eigentlich mit ›Dummheiten‹?« spottete Ev. »Sie macht doch die Dummheit, diesen Hamster heiraten zu wollen!«

Heinzi sagte gar nichts, sondern deutete nur auf das

Telefon. Jemand hatte ein Schloß an der Wählscheibe angebracht. Das konnte nur Hamster gewesen sein.

»Zum Schluß sperrt er uns noch in den Keller«, murmelte Heinzi empört, »dieser Depp, dieser blöde.«

Toll, Heinzi war richtig in Fahrt. Nur, was konnte diese Energie jetzt noch nutzen? Immerhin war schon Freitag, und am Montag sollte die Hochzeit sein. Jürgen Kremer würde sich bestimmt schon vorher mit Tante Sabines Ersparnissen nach Südamerika absetzen. Wir mußten es verhindern, aber, soviel ich auch nachdachte, ich wußte nicht, wie.

Heinzi schien sich mittlerweile nicht mehr um das Geld seiner Mutter zu sorgen. Ich glaube, er hoffte nur noch, daß Hamster so bald wie möglich verschwinden würde.

Der Schulvormittag verlief die ersten vier Stunden ziemlich ereignislos. Erst in der letzten Stunde wurde es interessant. Da kam nämlich Herr Schneckenburger mit einem packen Packen Hefte unter dem Arm. Mit gerunzelter Stirn setzte er sich an sein Pult. Heinzi und ich blickten einander an. Das konnte nichts Gutes bedeuten. Aber wir hatten damit gerechnet.

Ich zuckte mit den Achseln. »So was nennt man Künstlerpech«, flüsterte ich Heinzi aufmunternd zu. Heinzi nickte nur und starrte wieder zum Fenster hinaus. Inzwischen hatte Herr Schneckenburger begonnen, die Arbeiten auszuteilen, bei manchen mit einem Lob, bei anderen mit einem Tadel. Alle hatten jetzt ihre Hefte – außer uns beiden. Der Lärmpegel in der Klasse schwoll an.

Herr Schneckenburger befahl in die immer größer werdende Unruhe hinein: »Schluß für heute! Ihr könnt nach Hause gehen.«

Nur Heinzi und ich saßen immer noch ohne Heft da. Was sollte das? Auf dem Pult lagen doch unsere beiden Hefte. Warum gab sie uns Herr Schneckenburger nicht zurück?

»Ihr fragt euch jetzt bestimmt, was das soll«, unterbrach der Mathelehrer meine Gedanken. »Aber jetzt frage ich *euch* mal, was los ist. Ihr zwei werdet immer ruhiger, macht im Unterricht nicht mehr mit, verhaut eine ziemlich leichte Arbeit, ja und dann habt ihr auch noch versucht zu mogeln.«

Verflixt, wie hatte er das bloß rausgekriegt?

»Ich wollte euch nicht vor der ganzen Klasse bloßstellen«, fuhr er fort, »und ihr solltet noch eine Chance bekommen. Vielleicht, dachte ich mir, hättet ihr doch was gelernt. Aber war leider nicht der Fall. Eine glatte Fünf, bei beiden.« Mit diesen Worten überreichte er uns unsere Hefte. Sinnigerweise waren sie schwarz eingebunden. »Aber ich möchte wirklich wissen, was los ist«, wiederholte Herr Schneckenburger. Dabei sah er richtig besorgt aus.

Heinzi sah mich unsicher an. Ich überlegte kurz und nickte dann. Ja, so war es besser. Heinzi sollte Herrn Schneckenburger alles erzählen.

Vor dem Schulhaus wartete ich auf Heinzi. Vielleicht hatte ja Herr Schneckenburger eine Idee, wie man Hamster das Handwerk legen konnte. Erwachsene wußten doch meistens alles besser. Und ein Mathelehrer mußte auch ziemlich viel Verstand haben. Wie hatte Mama mal von Herrn Nonning gesagt: »Der hat ja einen glasklaren Verstand, dein Herr Nonning!« Leider bekam ich nie heraus, ob Mama das im Ernst oder spöttisch gemeint hatte. Ich wollte jetzt aber mal annehmen, daß sie es ganz ernst gemeint hatte.

Als ich an Mama und Papa dachte, wurde ich ein bißchen traurig. Wenn die beiden jetzt da wären, dann gäbe es solche Probleme wie mit Hamster nicht.

Na ja, verbesserte ich mich selbst, dann gäbe es dieses Problem schon. Nur wüßte ich nichts davon, und Heinzi müßte ganz allein damit fertig werden. Was wohl meine Schulfreunde machten? Eigentlich hatten alle versprochen, mir ganz schnell zu schreiben. Aber bis heute waren weder Brief noch Karte gekommen. Da fiel mir ein, daß ich auch zu schreiben versprochen hatte – morgen wollte ich mich daranmachen, zuerst einen Brief an Mama und Papa. Wie schnell war doch die Zeit hier in Bayrisch-Grön vergangen! Wir hatten auch genügend zu tun gehabt – dank Hamster.

Wo blieb nur Heinzi? Langsam wurde es mir auf dem Schulhof doch zu kalt. Gerade wollte ich die Pausenhalle betreten, da kam mir Heinzi entgegen. Er schüttelte nur den Kopf, als ich ihn fragend ansah.

»Ich glaube, die Erwachsenen sind einfach so«, meinte er und schüttelte immer noch den Kopf. »Wir können nur hoffen, daß wir einmal anders werden.«

Dann erzählte er mir, wie ungläubig Herr Schneckenburger auf die ganze Geschichte reagiert hatte. »Er glaubt bestimmt, ich bin nur eifersüchtig auf Hamster und setze deshalb irgendwelche Märchen über ihn in die Welt«, seufzte er.

Schade, dachte ich. Herr Schneckenburger erschien mir immer ganz vernünftig.

Wir trotteten nach Hause, wo Ev uns schon erwartete. »Na, ratet mal, was es heute zu Mittag gibt?« begrüßte sie uns. »Was ganz Tolles, wirklich Einmaliges – Pizza Margherita!«

Ein bißchen lachen mußte ich schon, wenn es auch ein ziemlich müder Witz war. Außerdem hatte ich Hunger. Das kam bestimmt von der gesunden Landluft.

Den Nachmittag hockten wir vor dem Fernseher. Es war meine Idee gewesen. »Schließlich müssen wir ausnützen, daß die beiden heute nicht da sind. Wer weiß, vielleicht ist schon morgen ein Vorhängeschloß dran.« Mein Argument hatte überzeugt, und so lümmelten wir uns immer noch auf dem Sofa, als Tante Sabine und Hamster das Haus betraten.

Sie schienen allerbester Laune zu sein und beachteten uns nicht weiter. Zu sehr waren sie in ihr Gespräch vertieft. Tante Sabine ging noch einmal die ganzen Hochzeitsfeierlichkeiten durch. Das war ja generalstabsmäßig geplant, alle Achtung! Wenn sie doch bei der Wahl ihres Bräutigams auch so vernünftig gewesen wäre, ging es mir durch den Kopf.

Heinzi hatte inzwischen den Ton des Fernsehers leise gedreht, damit wir auch ja alles mitbekamen, was im Eßzimmer geredet wurde.

»Um zehn Uhr fünfzehn holst du den Brautstrauß bei Wollinger, hörst du? Um zehn Uhr fünfundzwanzig bist du wieder da, und dann kommen Rosel und Horst, und um zehn Uhr fünfzig ist der Fotograf bestellt ...«

So ging das ellenlang weiter. Der ganze Tag war bis in die letzte Minute verplant. Hamster hatte keine Chance. Er konnte nur immer »Ja« und »Hmm« sagen. Tante Sabine war voll in ihrem Element.

»Komm, mach den Fernseher wieder lauter«, sagte ich zu Heinzi. »Ich glaube, die zwei merken gar nicht, daß wir auch noch da sind.«

8

Den ganzen Freitagabend saßen wir vor dem Fernseher. Zwar hatte Tante Sabine einmal herübergerufen: »Kinder, macht doch bitte endlich aus!«, aber ob wir es auch wirklich machten, das interessierte sie wohl nicht besonders.

Inzwischen besprach sie mit Hamster die Tischordnung beim Mittagessen. Irgendwann verloren auch wir die Lust am Fernsehen und gingen schweigend nach oben.

»Was haben wir jetzt eigentlich erreicht?« fragte ich und bohrte nachdenklich in der Nase. Wir hatten uns alle auf Evs Bett gesetzt und teilten uns die letzte Nußschokolade.

»Wenn wir jetzt aufgeben, dann haben wir wirklich nichts erreicht«, gab Ev nach kurzem Zögern zu. »Wir haben dann nur früher gewußt, was Tante Sabine etwas später erfahren muß.«

»Und sie und Heinzi sind dann um eine schöne Stange Geld ärmer«, fügte ich hinzu. Es entstand eine längere Pause. Ich fuhr fort: »Also, laßt uns mal überlegen! Wenn einer von uns Hamster wäre, was würde er dann tun?«

Wir versuchten, in die Haut eines Heiratsschwindlers zu schlüpfen. Eigentlich war es sogar ganz lustig, was wir uns so alles überlegten. Am Schluß einigten wir uns auf drei wichtige Fragen, die Heinzi fein säuberlich auf ein Blatt Papier schrieb:

1. Hat Hamster schon alles Geld, auf das er aus ist?
2. Wann und wo will er wegfliegen?
3. Wann will er uns verlassen?

»Das Dumme ist«, dozierte Ev und lief mit verschränkten Armen auf und ab – das hatte sie bestimmt aus dem Krimi, den wir eben gesehen hatten –, »also das Dumme ist, daß wir auf keine der drei Fragen eine richtige Antwort geben können.«

»Sehr scharfsinnig!« bemerkte ich.

Ev ignorierte mich. »Deshalb denke ich, daß wir Hamster lückenlos überwachen müssen. Er darf uns keine Minute entkommen, bis zur Trauung.«

Heinzi machte schon ein ängstliches Gesicht.

»Nein, Heinzi, keine Sorge«, beruhigte ihn Ev. »Wahrscheinlich ist er ja schon verheiratet. Er wäre dann Bigamist, oder so ähnlich. Und es ist strafbar, wenn du verheiratet bist und dann noch mal heiraten willst, ohne dich vorher scheiden zu lassen. Und wir sagen dann einfach bei der Trauung, daß er ...«

»Bei der Trauung sind wir gar nicht dabei«, unterbrach ich Ev. »Ich hab vorhin genau gehört, wie Tante Sabine sagte, wir würden dann im ›Zeltinger Hof‹ zusammen mit den anderen Gästen warten. Außerdem kommt es doch gar nicht zur Hochzeit, weil Hamster vorher abhauen wird.«

»Hier wird man noch völlig verrückt!« Ev war wieder beinahe eingeschnappt. Aber eigentlich war ihr Plan gar nicht schlecht.

»Entschuldige«, sagte ich und schob ihr das letzte Stück Nußschoko hin.

Ev nahm ihre Wanderung durchs Zimmer wieder auf. »Es geht ja nur darum, daß Hamster nicht abhauen kann, wie er will. Da er bestimmt nicht heiraten will, können wir ihm eine Falle stellen.« Sie blickte sich triumphierend um.

Das bedeutete natürlich wieder eine schlaflose Nacht für uns. Wir verabredeten, unter allen Umständen Hamster am Verlassen des Hauses zu hindern. Notfalls wollten wir alle entsetzliche Bauchschmerzen vortäuschen und behaupten, nur die Gegenwart des netten Jürgen Kremer könnte unsere Schmerzen lindern. Bei diesem Gedanken mußte sogar Heinzi lachen. »Ich bekomm ja eher Bauchschmerzen, wenn ich an diesen Typ denke«, erklärte er. »Aber wenn es bei unserem Plan hilft, o. k.«

Die Nachtwache war ziemlich anstrengend. Normalerweise hätte ich um jede Minute Schlaf gekämpft, aber ich wollte einfach wissen, ob Heinzi diesmal wach geblieben war. Deshalb schlich ich zehn Minuten vor dem vereinbarten Wechsel die Treppe hinunter.

»Toll, du bist ja diesmal nicht im Bett deiner Mutter gelandet«, frotzelte ich. Heinzi war sichtlich stolz auf seine Leistung. »Ja, und weißt du, wie ich es geschafft habe?« flüsterte er. »Ich hab Mathe gelernt. Die nächste Arbeit wird garantiert eine Eins.«

Manchmal hat er doch was von einem Musterknaben, dachte ich, aber ansonsten ist er ganz in Ordnung, der gute Heinzi.

»Is' gut, du kannst schlafen gehen. Ich mach weiter«, flüsterte ich zurück.

Nach einer halben Stunde Wacheschieben wurde es mir ziemlich langweilig, und ich schaute nur mal so ins Matheheft rein. Anfangs natürlich nicht zum Lernen, sondern um mir ein bißchen die Zeit zu vertreiben.

Als Ev mich um vier Uhr ablöste, war sie ziemlich schockiert. »Sag mal, David, was ist in dich gefahren? Seit wann lernst du mitten in der Nacht Mathe?«

Ich grinste nur und sagte: »Das ist ein heißer Tip, Ev. Man bleibt echt wach dabei!«

Beim Frühstück waren wir drei mal wieder unausgeschlafen, ganz im Gegensatz zu Tante Sabine und Hamster. Aber heute schien es keinem aufzufallen, wie häufig wir gähnten.

»So, und was machen wir heute?« fragte Heinzis Mutter, als wir Kinder den Tisch abräumten. Hamster saß schon längst wieder vor dem Fernseher und guckte Sport.

»Heute nachmittag ist ein Fußballspiel im Grönstadion. Da würde ich gerne hingehen«, meinte er.

Tante Sabine hob abwehrend die Hände. »Nein, mein Schatz, ohne mich! Du weißt doch, von Fußball verstehe ich überhaupt nichts.«

Ev und ich waren hellhörig geworden. Wollte Hamster vielleicht so seinen Abflug vorbereiten?

»O toll, ein Fußballspiel!« jubelte Ev. »Können Sie uns da bitte mitnehmen?«

Ich glaube, Hamster war ziemlich verblüfft, denn eine Weile lang hörte man gar nichts von ihm. Dann knurrte

er ungnädig: »Das kostet aber Eintritt, und ich lade euch bestimmt nicht ein.«

Tante Sabine beeilte sich zu sagen, daß das auch gar nicht notwendig sei, und wie reizend sie es fände, daß sich Jürgen so nett um die Kinder kümmere. Dann könne sie noch ein paar Dinge im Haus erledigen.

Fußball ist für mich ein echter Alptraum! Wie können 22 erwachsene Männer 90 Minuten lang hinter einem Ball herrennen, sagt Mama immer. Einfach kindisch!

Ev ist da – wie so oft – ganz anderer Meinung. Sie ist ein echter Fußballfan.

Deshalb freute sie sich auch auf das Fußballspiel an diesem Nachmittag im Grönstadion. Wir stiegen zu Hamster ins Auto ein.

»90 Minuten Langeweile und immer nur auf Hamster aufpassen, das kann ja ein schöner Nachmittag werden«, flüsterte ich Heinzi zu, als wir auf dem Rücksitz des BMW saßen. Wir waren schon reichlich spät dran, und Hamster fuhr dementsprechend schnell. Ein Schild zeigte ganz eindeutig 30 Stundenkilometer an, aber Hamster kümmerte sich nicht darum. »Das ist nur für alte Opas. Außerdem macht mir die Langsamfahrerei den Motor kaputt«, behauptete er, als Ev ihn auf die Geschwindigkeitsbeschränkung hinwies. Ziemlich bleich stiegen wir Kinder aus dem Auto. Bei dem Fahrstil konnte einem ja nur schlecht werden.

Aber wir mußten uns zusammenreißen, denn jetzt hieß es, scharf auf Hamster aufpassen. Bei diesen Menschenmassen im Stadion wäre es sonst kein Problem für ihn abzuhauen, auf Nimmerwiedersehen nach Rio, mit den Taschen voll ergaunertem Geld. Also blieben wir drei den ganzen Nachmittag an Hamsters Seite. Wir begleiteten ihn überall hin, zum Würstchenstand, zum Zigarettenholen, sogar zum Klo.

Irgendwann wurde es ihm natürlich lästig. »He, könnt ihr mich nicht mal für fünf Minuten in Ruhe lassen? Ich möchte jemand anrufen. Ihr klebt ja wie die Fliegen an mir.«

Ev setzte ein honigsüßes Lächeln auf und meinte entschuldigend: »Wissen Sie, es ist alles so fremd hier. Da ist es uns schon lieber, wenn Sie bei uns bleiben.«

Hamster fühlte sich geschmeichelt. Dabei konnte man die Heuchelei in Evs Worten klar heraushören, fand ich wenigstens.

Er rief dann niemanden mehr an. Es wunderte uns nicht.

Hamster war uns bis jetzt nicht entkommen, und er sollte es auch nicht schaffen, als das Fußballspiel zu Ende war. Unsere Nerven waren bis zum Zerreißen gespannt. Die Menschen strömten zu den Ausgängen. Man wurde einfach mitgerissen.

Ich hielt Heinzi mit der linken Hand am Anorak fest. Mit der rechten wollte ich Ev an die Hand nehmen, aber sie wollte nicht. »Ich bin doch kein Kleinkind mehr«, hatte sie verächtlich gemurmelt. Tja, und dann war sie plötzlich verschwunden.

Hamster war außer sich vor Ärger. »Typisch«, knurrte er, »ganz typisch! Also muß ich wohl los und das Fräulein suchen. Sonst macht mir Sabine die Hölle heiß.«

Schon war auch er in der Menschenmenge verschwunden. Heinzi und ich blieben ratlos zurück. Sollten wir Hamster verfolgen oder hier auf Ev warten?

»Und wenn er jetzt verschwindet?« sorgte sich Heinzi. Natürlich war das eine Riesenchance für Hamster. Während wir hier auf Ev warteten, war er vielleicht schon längst auf dem Weg zum Flughafen.

Wer ist schuld? dachte ich. Ev, weil sie nicht »Kleinkind« spielen will. Jetzt steht sie wahrscheinlich irgendwo im Stadion herum, hilflos wie ein Kleinkind.

»Los, wir müssen zum Auto. Vielleicht können wir ihn noch aufhalten«, schrie Heinzi plötzlich.

»Und was ist mit Ev?« fragte ich.

»Und was ist mit Ev, und was ist mit Ev?« machte mich da eine bekannte Stimme nach. »Was soll schon mit mir sein?« Da stand sie, meine liebe Schwester, und sah ganz vergnügt aus. »Ein tolles Fußballspiel! Der Nachmittag heute war überhaupt das Beste an Hamster«, lachte sie. Dann bemerkte sie unseren verstörten Gesichtsausdruck. »Wo ist er denn? Habt ihr ihn aus den Augen verloren? Ihr seid so Helden! Nicht mal zwei Minuten kann man euch allein lassen«, schimpfte sie. »Typisch!«

Für lange Erklärungen war jetzt keine Zeit.

»Los, zum Auto!« wiederholte Heinzi, und wir zogen mit. Inzwischen hatten sich die Zuschauermassen ziemlich verlaufen, und nur noch wenige Autos standen auf dem riesigen Parkplatz. Der BMW war noch da!

»Mann, haben wir ein Glück«, japste Ev, die vom Laufen völlig außer Atem war.

Gut, das Auto war da, aber wo war der Fahrer?

»Vielleicht ist er mit einem Taxi zum Flughafen«, unkte ich. »Geld genug hat er jetzt ja.«

Na, wenigstens hat er das Auto nicht verkaufen können, dachte ich. Tante Sabine müßte mir dafür dankbar sein, daß ich zumindest das verhindert habe.

Mit belemmerter Miene saßen wir auf dem Kühler des Autos, als uns eine wütende Stimme herunterjagte: »Seid ihr des Wahnsinns? Ihr macht mir ja das ganze Auto dreckig.« Hamster zog ein blütenweißes Taschentuch aus der Hose und polierte die Kühlerhaube.

Am liebsten hätte ich mir an die Stirn getippt. Aber ich war doch ganz froh, daß wir ihn wiederhatten. Er war also noch nicht auf und davon.

Die Nacht von Samstag auf Sonntag verlief wie die vorhergegangene. Inzwischen waren wir schon ein eingespieltes Team. Der Wachwechsel klappte hervorragend, und keiner schlief während der Wache in der Diele ein.

Ev hatte sich Englischvokabeln zum Lernen mitgebracht. Sie hat's ja auch nötig, dachte ich mir, als ich mit dem Matheheft unterm Arm wieder nach oben schlich. Wenn wir noch lange nachts wachen müssen, dann werden wir ja richtige Einser-Kandidaten in der Schule.

»Heute ist es garantiert soweit, daß er abhauen will«, meinte Ev nach dem Frühstück. »Er hat schon so einen unruhigen Blick.«

Das hielt ich für völlig übertrieben. Im Gegenteil, Hamster wirkte noch fauler als sonst. Er hatte sich zwar auch schon wieder ins Wohnzimmer verzogen, um im Fernsehen einen Boxkampf anzugucken. Aber heute *mußte* er weg, sonst bestand noch die Gefahr für ihn, tatsächlich von Tante Sabine geheiratet zu werden.

Das Telefon klingelte. Ach, war das noch schön, als ich mich mit »Pizza-Service« melden konnte. »Geh doch mal dran, David!« rief Tante Sabine aus der Küche. »Ich hab die Hände voller Teig.«

Ach ja, stimmt. Heute soll es mal wieder Pizza geben. Diesmal nicht aus der Tiefkühltruhe, sondern selbstgemacht von Tante Sabine.

»David Zimtröter bei Sabine Meininger«, meldete ich mich. Ich erkannte meinen Telefonpartner gleich an der Stimme. Es war Papa. Ich stieß einen Freudenschrei aus. Papa entschuldigte sich, daß er noch nicht geschrieben hatte und fragte, wie es uns ginge. Ich wußte überhaupt nicht, was ich sagen sollte, und so stotterte ich nur herum: »Ja gut, ganz prima, alles in bester Ordnung.«

Das mit »bester Ordnung« entsprach natürlich nicht im geringsten den Tatsachen. Jetzt kam auch noch Mama ans Telefon. Und dann hatte Ev mir auch schon den Hörer aus der Hand gerissen.

»Hallo, Mama, hier gibt's Neuigkeiten. Stell dir vor, Tante Sabine ... So was Blödes, die Verbindung ist unterbrochen. Es rauscht nur noch.«

»Außerdem« tröstete ich Ev, als wir nachmittags vor dem Wohnzimmer auf der Lauer lagen, »was hätte das genützt, jetzt noch die Eltern zu informieren? Morgen ist es sowieso schon zu spät.«

Heinzi hatte sich für eine Stunde entschuldigt. Er wollte ein bißchen Schlaf nachholen, um für die kommende Nacht munter zu sein. Ev und ich saßen also in der Diele und spielten Karten. Tante Sabine deckte den Kaffeetisch, und Hamster schaute sich den fünften Boxkampf des Tages an. Ab und zu streckten Ev oder ich den Kopf ins Wohnzimmer, um zu gucken, ob er vielleicht durchs Wohnzimmerfenster abgehauen war und einfach den Fernseher weiterlaufen ließ. Aber er lag immer noch auf dem Sofa und glotzte in Richtung Fernsehapparat. Vielleicht schlief er auch zwischendrin immer wieder ein.

Gerade als Tante Sabine »Kommt zum Kaffee, meine Lieben!« rief und den Gong ertönen ließ, klingelte es an der Haustür.

»Erwarten wir Gäste?« fragte Hamster, der ziemlich zerknittert aussah in seinem alten Jogginganzug. Tante Sabine zuckte die Achseln.

»Ich geh mal nachgucken!« erbot ich mich und öffnete die Eingangstür.

Vor mir stand – Herr Schneckenburger. In der Hand hielt er einen riesigen Strauß gelber Tulpen. Tante Sabine war mittlerweile auch an die Tür gekommen und meinte ganz entzückt: »Aber Herr Schneckenburger, das ist ja ganz reizend von Ihnen. Wollen Sie nicht eine Tasse Kaffee mit uns trinken?«

Ich rannte nach oben, um Heinzi zu wecken. Dann saßen wir zu sechst am Kaffeetisch. Hamster schaufelte sich wieder jede Menge Kuchen rein. Er schmatzte nicht wie sonst, aber ich glaube, das lag am Kuchen. Bei solchen Sahnetorten kann man einfach nicht richtig schmatzen.

Herr Schneckenburger sprach nicht von der Mathearbeit – das fand ich ganz fair –, sondern erzählte von seinem letzten Urlaub in Südamerika. »Da wollen wir auch hin, nämlich nach Rio«, erklärte Tante Sabine eifrig. Dann berichtete sie Herrn Schneckenburger von der geplanten Hochzeit und der Hochzeitsreise.

Hamster hatte sich inzwischen das letzte Kuchenstück – es war sein fünftes – von der Tortenplatte genommen und sagte gar nichts. Sogar Tante Sabine fiel das auf. »Nun sag doch mal, Jürgen«, forderte sie ihn auf. Ohne Erfolg. Er grunzte etwas und verließ das Eßzimmer.

Kurze Zeit später konnte man wieder im ganzen Haus den Bericht über die Boxweltmeisterschaften vernehmen, so laut war der Fernseher eingestellt.

»Mein Verlobter ist einfach ein bißchen aufgeregt wegen morgen«, entschuldigte ihn Tante Sabine. »Aber kann ich Ihnen noch ein Stückchen Kuchen anbieten?« Jetzt erst entdeckte sie, daß die Kuchenplatte leer war.

»Nein, danke«, wehrte Herr Schneckenburger ab, »ich muß ein bißchen auf meine Linie achten. Aber erzählen Sie doch mal, wie Sie Ihren Verlobten kennengelernt haben.«

Ja, das interessierte mich auch. Und Ev und Heinzi ebenfalls. Alle drei saßen wir mit betont unbeteiligtem Gesicht da und nippten am Kakao. Jetzt bloß nicht hinausgeschickt werden, wenn's richtig spannend wird. Ich kenne das von zu Hause: Entweder sprechen Mama und Papa englisch miteinander, oder, wenn Besuch da ist, dann heißt es immer: »Geht doch spielen!«

»Geht doch spielen!« sagte jetzt auch Tante Sabine.

»Geht ein bißchen nach draußen. Es ist herrliches Wetter.«

Ev wollte protestieren, aber ich gab ihr unter dem Tisch einen Tritt. Bloß nichts vermasseln, dachte ich. Also standen wir drei brav auf und verschwanden. Tante Sabine schloß die Tür hinter uns.

»Wir müssen halt wieder lauschen«, erklärte ich ihr. Das war aber gar nicht so einfach. Die Eßzimmertür konnte vom Wohnzimmer aus gesehen werden.

Also drohte Entdeckung durch Hamster, falls der zufällig mal aufstehen sollte. Aber wir mußten das Risiko eingehen. Nur – hören konnten wir überhaupt nichts. Entweder sprachen die beiden so leise, oder vielleicht lag es an der Lautstärke, mit der das Fernsehgerät lief. Es war zum Verzweifeln. Aus lauter Enttäuschung schlichen wir ins Wohnzimmer, fanden heraus, daß Hamster tatsächlich eingeschlafen war und schalteten um auf eine Kindersendung. Hamster ließ die »Sesamstraße« schlafend über sich ergehen. Seine Perücke war halb verrutscht, und er schnarchte leise vor sich hin.

Fast hätte ich gespottet: »Heinzi, vom Schnarchen her hätte er gut zu dir gepaßt.« Aber ich ließ es dann doch bleiben.

Beim Abendbrot war Hamster ziemlich nervös. Er goß sich Bier und Apfelsaft in sein Glas, fluchte laut, als er den Irrtum bemerkte und ging schließlich mit dem Marmelademesser in die Leberwurst. Tante Sabine schüttelte nur leicht den Kopf, als sie das bemerkte. »Na, ab morgen wird ja alles anders«, sagte sie und lächelte Hamster an.

Er guckte etwas unsicher, murmelte: »Ja, ja, natürlich«, und meinte schließlich, er müsse unbedingt einen Abendspaziergang machen, den letzten als Junggeselle. Dabei lachte er laut.

Ev, Heinzi und ich sahen einander wie elektrisiert an. Klar, deshalb war der Typ so nervös! *Den* Spaziergang würde er in Begleitung machen müssen.

»Genau«, schmatzte Heinzi, der den Mund noch voll hatte, »ein Spaziergang ist jetzt genau das Richtige. Kommt ihr mit?«

Hamster wirkte ziemlich mißmutig, als er eine halbe Stunde später mit Heinzi und mir im Schlepptau durch Bayrisch-Grön marschierte.

Keiner sagte ein Wort. Nach zehn Minuten hatte Hamster schon genug von soviel sportlicher Betätigung und bog wieder in die Münchner Straße ein.

Prima, er war uns nicht entkommen. Morgen mußte er Farbe bekennen. Spätestens vor dem Standesamt mußte er ja zugeben, daß er nicht wirklich vorhatte, Tante Sabine zu heiraten.

»Ach, ihr seid ja schon wieder zurück«, staunte Tante Sabine, die gerade telefoniert hatte. »Wir können ja noch ein Schlückchen Wein trinken.«

Ev zwinkerte mir zu, als wir alle im Eßzimmer saßen und auch wir Kinder tatsächlich ein bißchen Wein bekamen.

Ich fand zwar, daß er scheußlich schmeckte, aber ich sagte lieber nichts.

Weil außer Tante Sabine überhaupt niemand was redete, löste sich die Versammlung recht bald auf. Hamster gähnte zweimal herzhaft, und Tante Sabine guckte ganz zufrieden. »Also, dann bis morgen«, rief sie uns noch hinterher, als wir drei die Treppe hochgingen. »Schlaft gut!«

Ev grinste und sagte: »Ich weiß, wer heute besonders gut schlafen wird.«

»Und ich weiß, wer heute nacht nicht schlafen wird«, entgegnete ich düster.

»Heute nacht werden in diesem Haus alle hervorragend schlafen«, widersprach sie. Wir schauten sie ungläubig an. Was war mit unserer Nachtwache?

Ev lachte: »Ich habe ganz zufällig gehört, wie Tante Sabine mit einer Freundin telefoniert hat. Die hat ihr den Tip gegeben, sie solle doch ihrem Verlobten am Abend vor der Hochzeit ein leichtes Schlafmittel geben. Männer würde das Heiraten ungemein mitnehmen, und damit Hamster nicht so nervös ist und womöglich morgen alles verpatzt ...«

»... hat Tante Sabine ihm ein Schlafmittel in den Rotwein gemischt«, beendete ich den Satz.

»Kluges Kerlchen«, lobte mich Ev. »Und jetzt allerseits gute Nacht. Wir müssen spätestens um fünf Uhr aufstehen. Wer weiß schon, wie lange so eine Schlaftablette wirkt?«

Ich kroch zufrieden in mein Bett. Wenigstens konnte ich heute nacht mal wieder durchschlafen.

»Schläfst du?« Das war Heinzi. Was sollte ich darauf antworten? Aber Heinzi ließ sich nicht so leicht abschütteln. »Sag mal«, wollte er wissen, »meinst du, wir schaffen es?«

Ich zuckte im Dunkeln nur mit den Schultern. Woher sollte ich wissen, wie unser Abenteuer ausgehen würde? Aber ich wollte Heinzi beruhigen und sagte deshalb wieder den alten Spruch: »Alles wird gut.«

Ich glaube, ich schlief dann schnell ein. Aber Heinzi muß wohl die halbe Nacht wach gewesen sein. Jedenfalls weckte er mich früh.

»Guck mal, was ich hier habe«, triumphierte er und hielt etwas Schwarzes in die Höhe. Im ersten Moment konnte ich es nicht genau erkennen. Aber als Heinzi sich das Ding über den Kopf stülpte, mußte ich laut lachen.

Die Perücke! Heinzi hatte Hamsters Perücke gemopst. »Es war ganz einfach«, erzählte er stolz. »Er hat sie im Badezimmer liegenlassen, und da hab ich sie einfach mitgenommen.«

»Geh doch mal mit der Perücke Ev besuchen«, schlug ich vor. Vielleicht konnte ich so noch zu zehn Minuten Schlaf kommen. »Aber sei vorsichtig! Ev ist furchtbar schreckhaft.«

9

Als ich das nächste Mal aufwachte, war schon heller Morgen. »Wir wollten dich schonen, du hast nämlich so fertig ausgesehen«, flüsterte Heinzi, als ich mit schuldbewußter Miene im Eßzimmer auftauchte. »Aber keine Sorge, er ist noch da.«

Ja, es war nicht zu überhören, daß Hamster noch da war. Er stand wohl gerade unter der Dusche und sang aus vollem Hals. Ziemlich falsch übrigens, wie Ev mißbilligend bemerkte. Tante Sabine deckte den Frühstückstisch, und wir drei liefen unschlüssig zwischen Eßzimmer und Küche hin und her.

»Sagt mal, könnt ihr nicht mal ein bißchen helfen? Ich hab ja wirklich genug zu tun«, beschwerte sich Tante Sabine schließlich. »Außerdem …«

»Sabine, komm sofort rauf!« brüllte es von oben aus dem Badezimmer. »Komm sofort!«

Tante Sabine ließ den Schinken, den sie auf die Platte legen wollte, achtlos auf die Anrichte fallen und rannte los. Wir Kinder hinterher.

Hamster hatte ziemlich merkwürdig geklungen. Mir war schon klar, weshalb. Er stand im dunklen Anzug an der Badezimmertür und sah recht verzweifelt aus. »Wo sind meine Haare?« jammerte er. »Wo sind bloß die verdammten Haare?«

Er hatte allen Grund zum Jammern, denn mit seiner spiegelblanken Glatze sah er wirklich sehr komisch aus. Sogar Tante Sabine mußte lachen. Hamster reagierte stocksauer: »Hör bloß auf zu lachen! Hilf mir lieber, die Haare zu finden. Oder habt ihr sie vielleicht versteckt?« Er trat drohend einen Schritt auf Heinzi und mich zu.

»Wahrscheinlich hast du sie verlegt«, versuchte Tante Sabine ihn zu beruhigen. »Wir werden sie bestimmt finden«, besänftigte sie ihn lächelnd und machte uns Zeichen, aus dem Badezimmer zu verschwinden.

»Männer sind halt mal so. Er ist einfach schrecklich nervös. Schließlich ist das ja der schönste Tag im Leben. Wer will da schon ohne Haare vor dem Standesbeamten stehen?« erklärte sie uns und versprach demjenigen, der die Perücke finden würde, eine Belohnung.

Aber es war zwecklos. Nach einer halben Stunde erfolglosen Suchens gab auch Hamster auf. Er konnte ja nicht wissen, daß seine Perücke im Altpapier lag. Heinzi hatte sie in eine Packung »Pizza Margherita« gesteckt. »Pizza Perücka«, spottete er, als er das Paket säuberlich zum Altpapier legte.

»Außerdem«, sagte Tante Sabine tröstend zu Hamster, »heirate ich dich ja nicht wegen deiner schwarzen Haare.«

Er verzog das Gesicht und meinte: »Aber es ist eine sehr teure Perücke und ...«

»... sie wird sich wieder einfinden. Ich muß mich jetzt umziehen, und du mußt nachher den Brautstrauß holen.«

Tante Sabine ging in ihr Zimmer, während wir im Eßzimmer um Hamster herumstrichen.

»Könnt ihr nicht mal endlich verschwinden?« knurrte er, als wir ihn in die Küche und dann ins Wohnzimmer verfolgten. Es war das reinste Katz-und-Maus-Spiel. Hamster muß es ähnlich empfunden haben, denn als plötzlich das Telefon klingelte, sprang er sofort auf. Wir drei standen um ihn herum, aber hören konnten wir leider nichts. Auch Hamster sagte komischerweise kein Wort. Nach etwa einer halben Minute legte er auf und sah uns an.

»Ihr seid absolut bescheuerte Kinder«, giftete er, »und als nächstes …«

Was er sagen wollte, erfuhren wir nicht mehr.

»Na, wie gefalle ich euch?« unterbrach uns Tante Sabine, die in einem wallenden, weißen Brautkleid vor uns stand.

»Oh«, machte Ev ganz hingerissen, »das ist ja wundervoll.«

»Ja, ganz wundervoll«, echote Hamster, dem wohl nichts Besseres einfiel.

Also, ich fand, daß es irgendwie nach Fasching aussah.

Tante Sabine sah Heinzi und mich an und fragte: »Und wie gefällt es euch?«

»David und Heinzi haben keinen Sinn für echte Schönheit«, behauptete Ev. »Die können ein Satinbrautkleid nicht von einem Nachthemd unterscheiden.«

Genau, eigentlich sah es aus wie ein Nachthemd. Na, wenn Tante Sabine darin glücklich war, von mir aus.

Auch Heinzi hatte sich zu einem Nicken bequemt.

Tante Sabine gab ihm einen Kuß auf die Stirn. Dann erinnerte sie Hamster: »Jetzt mußt du aber langsam los ins Blumengeschäft. Sonst verwelkt noch mein schöner Brautstrauß.« Aber der guckte plötzlich ganz merkwürdig und fragte: »Sag mal, Sabine, was ist denn mit der Heizung los? Die ist ja ganz kalt.«

Tatsächlich, obwohl die Heizung auf der höchsten Stufe stand, war sie eiskalt.

»Das darf doch nicht wahr sein«, seufzte Tante Sabine, »jetzt spinnt die blöde Heizung schon wieder. Vielleicht sollte ich den Monteur anrufen.«

Hamster schüttelte den Kopf. »Das wird zu teuer. Außerdem kommen Handwerker doch nicht so schnell. Jetzt stell dir mal vor, wir kommen heute abend mit unseren Gästen heim, und das Haus ist eiskalt. Ne, da hilft alles nichts. Wir müssen uns die Sache im Heizungskeller selber anschauen. Mit vereinten Kräften –«, und dabei sah er uns alle auffordernd an, »mit vereinten Kräften schaffen wir das schon.«

»Soll ich wirklich mit meinem schönen Brautkleid in den Keller?« Tante Sabine guckte etwas unschlüssig. Aber die Vorstellung, abends mit den Gästen im Kalten zu sitzen, war doch zu schrecklich. Seufzend hob sie ihr langes Kleid und sagte: »Na ja, als alleinstehende Frau war ich es ja gewöhnt, kleinere Reparaturen selbst auszuführen.«

Alle fünf marschierten wir in den Keller, vorbei an dem Stapel mit Altpapier, in dem die Perücke lag. Vor der Heizungsanlage blieb die kleine Prozession stehen. Tante Sabine und Hamster sahen einander fragend an.

»Vielleicht sollte ich eine Taschenlampe holen«, schlug Hamster vor, »bei dieser Beleuchtung kann man überhaupt nichts erkennen.«

»Beeil dich, wir haben heute noch einiges vor«, erinnerte ihn Tante Sabine, die ziemlich ratlos vor der ganzen Anlage stand. »Ich versteh das nicht«, murmelte sie. »Die Heizung ist doch erst letzten Sommer generalüberholt worden.«

»Vielleicht ist das wie mit einem Auto«, warf Ev ein. »Unsere Eltern haben ihr Auto in die Werkstatt gebracht, weil der Motor immer so komisch stotterte. Hinterher stotterte der Motor nicht mehr.«

»Ja und, was ist daran Besonderes?« fragte Heinzi neugierig.

»Tja«, meinte Ev, »das Auto sprang überhaupt nicht mehr an.«

Tante Sabine lachte kurz auf. »Jetzt wollen wir mal hoffen, daß es uns mit der Heizung besser geht. Eigentlich habe ich mir meinen Hochzeitstag ja anders vorgestellt. Wo bleibt denn nur Jürgen? Wahrscheinlich findet er keine Taschenlampe.«

Ja, wo bleibt er nur, fragte ich mich im stillen. »Ich geh mal nachgucken«, bot Heinzi an. »Ich weiß nämlich, wo die Taschenlampe ist.« Und damit rannte er los, Ev und ich hinterher.

»Verdammt, er hat uns reingelegt«, brüllte er, als wir vor der verschlossenen Kellertür standen. »Verdammt, dieses gemeine Schwein!« In ohnmächtiger Wut trat er gegen die schwere Tür.

»Was ist denn hier los?« Tante Sabine starrte uns entsetzt an. »Sagt mal, was soll das?« Dann rief sie laut: »Jürgen, was ist denn mit der Tür los?«

Weder Ev, noch Heinzi oder ich sagten ein Wort. Am liebsten hätte ich mich selber geohrfeigt. Wie dumm waren wir doch gewesen! Tagelang hatten wir aufgepaßt wie die Schießhunde, Hamster keinen Moment aus den Augen gelassen, und jetzt so was ... Mit der Heizung war bestimmt alles in Ordnung. Wahrscheinlich hatte Hamster sie einfach abgeschaltet, um uns in den Keller zu locken. Und wir waren darauf reingefallen.

Tante Sabine hämmerte an die Tür und rief: »Jürgen, Jürgen!«

Im ganzen Haus blieb es still. In diese Stille hinein hörte man ganz deutlich, wie eine Autotür zugeschlagen wurde und dann ein Auto davonbrauste.

»Das war ein BMW«, stellte ich fachmännisch fest. »Aus der 7er-Reihe!«

Tante Sabine sah mich an.

»Du glaubst, Jürgen hat das mit der Taschenlampe vergessen und fährt jetzt die Blumen holen? Vielleicht hätte ich ihm gestern abend doch keine Schlaftablette geben sollen!«

Arme Tante Sabine! Sie glaubte immer noch an ihre Hochzeit. Keiner von uns hatte den Mut, ihr die Wahrheit zu sagen, und so standen wir im Keller und warteten.

»Vielleicht sollten wir gucken, ob wir durchs Kellerfenster ...«, schlug ich Heinzi leise vor. Er winkte ab und sagte: »Vor zwei Monaten hat meine Mutter neue Gitter anbringen lassen. War übrigens die Idee von Hamster. Gegen Einbrecher und so ...«

Also gut, dann mußten wir halt abwarten. Langsam wurde auch Tante Sabine ungeduldig. »Also ich verstehe überhaupt nicht, wo Jürgen so lange bleibt. Er wird doch wohl keinen Unfall gehabt haben. Mit Schlaftabletten sollte man doch vorsichtiger sein. O Gott, hoffentlich ist ihm nichts passiert.«

In der Wohnung oben klingelte zehnmal das Telefon. Dann wurde wieder aufgelegt. »Ich versteh das Ganze nicht«, wiederholte Tante Sabine, die ratlos auf- und abmarschierte. Oben klingelte wieder das Telefon.

Heinzi hatte sich auf alten Autoreifen niedergelassen und wirkte nicht sehr unglücklich. »Ich muß jedenfalls nicht ins Internat«, flüsterte er mir zu, als ich mich neben ihn setzte. »Jetzt sind wir Hamster wenigstens los!«

»Nicht nur Hamster«, flüsterte ich zurück, »ihr seid auch noch 'ne Menge Geld los. Was meinst du, wie es deiner Mutter geht, wenn sie erst die ganze Geschichte erfährt.«

Heinzi schüttelte nur leicht den Kopf. Na ja, ich konnte schon verstehen, daß er froh war, Hamster nicht als Vater zu bekommen. Wieder läutete das Telefon.

»Hier stimmt was nicht«, murmelte Tante Sabine. Die Ärmste sah ziemlich unglücklich aus.

»Ich glaube, wir müssen dir etwas erzählen«, begann Ev und nahm Tante Sabines Hand. »Aber es ist leider keine schöne Geschichte.«

So erzählten wir ihr alles: von unserem Verdacht, von unserer Lauscherei, von Frau Edel, einfach alles. Tante Sabine hatte anfangs ungläubig gelacht. Aber je mehr sie erfuhr, um so ruhiger wurde sie. Schließlich ließ sie sich mit ihrem schönen Brautkleid auf einem alten Winterreifen nieder. Achtlos wischte sie sich mit dem Ärmel übers Gesicht. Sie versuchte gar nicht mehr, die Tränen vor uns zu verbergen.

»Wenn das wahr ist, was ihr mir erzählt, dann …« Sie konnte kaum weitersprechen. Heinzi zog ein ziemlich gebrauchtes Taschentuch aus seiner Hosentasche und reichte es ihr. Tante Sabine schnaubte geräuschvoll.

»Er hat alles Geld, das ich in den letzten Jahren gespart habe. Er hat immer gesagt, daß er es besser anlegen würde. In einem halben Jahr hätte ich dann fast das Doppelte.« Sie schluchzte wieder. »Ich hab ihm sogar dein Sparbuch gegeben, Heinzi.«

Dann schwiegen wir wieder. Was gab es jetzt auch noch zu reden? Hamster war bestimmt schon am Flughafen. Zusammen mit Frau Edel saß er womöglich schon im Flugzeug und lachte darüber, wie leicht er uns ausgetrickst hatte. Aber bei allem Ärger, ich bekam langsam Hunger. Im Vorratskeller hatte ich jede Menge Nußschokolade gesehen. Aber als ich die betretenen Mienen um mich herum sah, verging mir der Appetit. Nein, jetzt war nicht der richtige Moment, Schokolade zu essen.

»Irgendwie müssen wir doch aus diesem Keller rauskommen«, rief Ev plötzlich. »Vielleicht sollten wir einfach mal laut rufen, damit uns ein Nachbar hört.«

Oben bimmelte schon wieder das Telefon. »Es ist zum Verrücktwerden«, flüsterte Tante Sabine. »Jetzt hocken wir schon mindestens eine Stunde in diesem Keller. Eigentlich sollte ich jetzt vor dem Standesbeamten stehen und heiraten. Was ist denn mit den Trauzeugen?«

»Vielleicht sind die so schlau und kommen nachsehen, was hier los ist«, versuchte Ev uns wieder Hoffnung zu machen.

Unsere lauten Hilferufe waren in der Nachbarschaft schließlich ungehört verhallt. Heinzi klärte uns auf: »Der Herr Grüninger von nebenan ist schwerhörig. Es ist absoluter Zufall, wenn der mal sein Hörgerät benutzt.«

»Hättest du das nicht früher sagen können?« fuhr Ev ihn an. »Ich brülle mir hier die Lunge aus dem Hals, und du erzählst mir, daß der Nachbar das sowieso nicht hören kann.«

»Na ja, ich dachte, vielleicht kommt zufällig jemand vorbei und hört uns ...«, rechtfertigte sich Heinzi.

Aber Ev hörte schon gar nicht mehr hin. »Ich glaube, da kommt jemand. Wir müssen noch mal schreien, jetzt aber ganz laut.«

Wir schrien mit aller Kraft: »Hiiiiilfe!« Sogar Tante Sabine schrie mit. Tatsächlich, als wir einen Moment still waren, um wieder Atem zu holen, hörten wir ganz deutlich, daß sich jemand dem Haus näherte. Autotüren klappten, und es läutete Sturm.

»Wir sind im Keller eingesperrt«, brüllten wir vier aus Leibeskräften. Tante Sabine schien jetzt nicht mehr traurig, sondern nur noch wütend zu sein. Mit aller Kraft hämmerten wir gegen die schwere Kellertür. Oben splitterte Glas, und Sekunden später wurde der Schlüssel umgedreht. Die Tür wurde aufgerissen, und vor uns stand ...

»Wo kommen Sie denn her?« stotterte Tante Sabine und starrte Herrn Schneckenburger entgeistert an.

Tatsache, da stand unser Mathelehrer und grinste ganz vergnügt. »Ja, das ist eine längere Geschichte. Ich schlage vor, wir setzen uns ins Eßzimmer, und ich erzähle euch alles.«

Tante Sabine war völlig sprachlos. Sie ließ sich von Herrn Schneckenburger ins Eßzimmer führen und schüttelte nur immer wieder den Kopf.

»Jetzt erschrecken Sie bitte nicht«, sagte unser Lehrer und öffnete vorsichtig die Küchentür. Hier roch es nach frischgebrühtem Kaffee. Am Herd stand ...

»Nein, das halten meine Nerven nicht aus«, stöhnte Tante Sabine, »das ist zuviel für mich.«

So ganz unrecht hatte sie damit nicht, denn mitten in der Küche stand ein zweiter Herr Schneckenburger, auch mit einer spiegelblanken Glatze.

»Darf ich Ihnen meinen Bruder vorstellen, besser gesagt meinen Zwillingsbruder«, sagte Herr Schneckenburger grinsend. »Er kocht hervorragenden Kaffee, und wir dachten, Sie könnten jetzt vielleicht eine Tasse vertragen. Vielleicht sollte ich meinen Bruder noch besser vorstellen: Er ist Kriminalkommissar und hat interessante Neuigkeiten für Sie.«

Eine Viertelstunde später saßen wir alle um den runden Eßtisch herum. Es gab Kaffee und Kuchen – den Kuchen, den eigentlich die Hochzeitsgäste essen sollten, aber das war ja nun egal.

So langsam hatte sich Tante Sabine wieder gefaßt. »Herr Schneckenburger 1, wenn ich Sie so nennen darf«, sie wandte sich an Mathe-Schneckenburger, »wie kam es, daß ...«

»Na ja, nachdem Ihr Sohn mir die ganze Geschichte erzählt hatte, machte ich mir so meine Gedanken. Zuerst hab ich ihm das nicht geglaubt, das muß ich zugeben. Aber als ich Sie dann hier besuchte …«

»Und als Sie gesehen haben, wie Hamster tatsächlich ist«, warf Ev ein.

»Hamster?« stutzte Tante Sabine.

»Ja, Hamster war unser Spitzname für ihn«, klärte ich sie auf.

»Hamster!« Herr Schneckenburger 2, der von der Kripo, schüttelte amüsiert den Kopf. »Ja, ja, er hat was von einem Hamster an sich. Er hat Sparbücher nämlich gehamstert, von Frauen, die glaubten, daß er sie heiraten würde.«

»Und diese Frau Edel? Hatte die auch was damit zu tun?« wollte Ev neugierig wissen.

»Ach, Frau Edel nannte sie sich! Die war alles andere als edel. Sie hatte die gleiche Masche wie Hamster, und irgendwann haben die beiden sich zusammengetan. Eine Heiratsschwindlerin sozusagen«, erklärte Herr Schneckenburger 2. »Na ja, wir haben das Pärchen Gott sei Dank geschnappt.«

»Ich versteh so einiges nicht. Erzählen Sie bitte genau, was da los war«, sagte Tante Sabine und musterte die beiden interessiert.

Herr Schneckenburger 1 fuhr fort: »Mir ließ die ganze Sache keine Ruhe. Deshalb rief ich meinen Bruder an. Der informierte sich genauer über die letzten Fälle von Heiratsschwindel hier in der Gegend, und tatsächlich: Die Personenbeschreibung traf zu. Nur hatte der Kerl immer eine andere Haarfarbe, mal blonde Locken, mal kurze schwarze Haare.«

Heinzi lachte lauthals los. »Soll ich Ihnen mal zeigen, warum?« Und immer noch lachend kam er kurze Zeit später mit der Perücke in der rechten Hand zurück. Die Schneckenburgers lächelten etwas betreten und fuhren unauffällig mit der linken Hand über ihre Glatzen.

»Ja, also, wo waren wir stehengeblieben?« versuchte Herr Schneckenburger 2 das Thema zu wechseln. »Mein Bruder rief mich also an und erzählte mir von diesem Verdacht. Es schien tatsächlich eine heiße Spur zu sein. Wir brauchten nur noch ein paar Polizisten in der Nähe Ihres Hauses zu postieren und zu warten, bis der Gesuchte kam.«

»Fast wäre uns dabei noch ein Mißgeschick passiert«, unterbrach Schneckenburger 1 den Bericht seines Bruders. »Die Beamten warteten auf einen schwarzhaarigen Mann. Als dann einer mit Glatze in den BMW vor der Haustür stieg, wußten sie im ersten Moment nicht, ob es der Gesuchte war. Aber sie haben ihn trotzdem bis zum Flughafen verfolgt, und dort konnte er zusammen mit seiner Komplizin festgenommen werden.«

»Das war ein schöner Erfolg«, sagte Kripo-Schneckenburger zufrieden. »Na ja, und die Kinder werden sich sicherlich auch über die Belohnung, die auf Siegbert Panther steht, freuen.«

»Wie bitte, Siegbert Panther heißt der?« Ev wollte sich fast ausschütten vor Lachen. »Siegbert Panther, das gibt's doch nicht!«

»Moment mal«, unterbrach Heinzi das allgemeine

Gelächter. »Haben Sie gerade was von Belohnung gesagt?«

»Genau, junger Mann. Siegbert Panther ist nämlich bereits von Interpol zur Fahndung ausgeschrieben, und für Hinweise, die zu seiner Ergreifung führen, ist eine Belohnung in Höhe von 5000 DM ausgesetzt.« Herr Schneckenburger 2 klang jetzt ganz amtlich.

»5000 DM?« fragte Ev ungläubig. »Sagten Sie eben 5000 DM?«

Das Telefon klingelte wieder. »O Gott, das sind bestimmt die Trauzeugen«, murmelte Tante Sabine. »Was sag ich denen jetzt bloß?«

»Laß nur, ich mach das schon«, lachte Ev. Sie war jetzt allerbester Laune, als sie den Hörer abnahm. »Hier spricht der automatische Anrufbeantworter von Sabine und Heinzi. Die Hochzeit mit Jürgen Kremer muß aus technischen Gründen leider ausfallen. Wahrscheinlich findet aber bald eine Hochzeit mit einem anderen Kandidaten statt. Dazu sind Sie dann herzlich eingeladen.«

Mit einem leisen Pfeifton legte Ev auf. »Ich glaube, wir drei sollten jetzt mal hochgehen und uns überlegen, was wir mit dem vielen Geld alles machen können«, schlug sie mit einem nachdenklichen Blick auf Tante Sabine und die beiden Schneckenburgers vor.

Oben setzten wir uns auf Evs Bett und feixten einander an.

»Eigentlich hab ich das nur euch zu verdanken«, meinte Heinzi schließlich. »Denn allein hätte ich das nie geschafft. Ihr habt das ganz toll gemacht.«

»Klar, ohne uns wärst du echt aufgeschmissen gewesen«, sagte Ev. Sie zögerte einen Moment. »Nein«, meinte sie dann, »wir drei haben es gemeinsam geschafft. Wir sind eben ein tolles Trio. – Aber jetzt laßt uns mal überlegen, wer als Vater besser wäre: Mathe-Schneckenburger oder Kripo-Schneckenburger?«

Wir verbrachten den Mittag damit, die Vor- und Nachteile zu erörtern. Heinzi war der Meinung, ein Mathelehrer als Vater bringe doch mehr als ein Kommissar, obwohl der natürlich, wie er mir gegenüber zugeben mußte, spannender wäre.

Irgendwann klopfte Tante Sabine. »Ich hoffe, ihr habt nichts dagegen, wenn ich noch ein bißchen ausgehe«, meinte sie entschuldigend. »Ihr könnt euch ja vielleicht …«

»… eine Pizza aus der Tiefkühltruhe holen«, beendete Ev den Satz.

»Wo gehst du denn hin?« wollte Heinzi von seiner Mutter wissen.

Tante Sabine lächelte. »Ich bin eingeladen worden. Von Herrn Schneckenburger.« Sie wandte sich zum Gehen.

»Und von welchem?« rief Heinzi noch. Aber das hatte Tante Sabine schon nicht mehr gehört.

»Also, wollen wir Wetten abschließen?« fragte Ev. »Ich tippe auf Nummer 1.«

»Und ich auf Nummer 2«, sagte ich.

»Ist doch egal!« sagte Heinzi. »Auf alle Fälle paßt die Perücke beiden.«

Irene Zimmermann, geboren 1955 in Ravensburg, studierte Deutsch und Politik in Freiburg und wurde Lehrerin.
Hans-Günther Zimmermann (Jimmi), geboren 1951 in Waiblingen, von Beruf auch Lehrer, gibt Deutschunterricht für Aussiedler- und Ausländerkinder.
Die beiden sind seit 1981 verheiratet und leben heute mit ihren zwei Kindern in Baden-Baden.

Die Deutsche Bibliothek – CIP-Einheitsaufnahme

Zimmermann, Irene:
Das tolle Trio jagt den Hamster / Zimmermann & Zimmermann. –
Stuttgart; Wien: Thienemann, 1996
ISBN 3 522 16948 4

Einband- und Innenillustrationen: Karoline Kehr
Einbandtypographie: Michael Kimmerle
Schrift: Garamond
Satz: KCS GmbH in Buchholz
Reproduktionen: Repro Brüllmann in Stuttgart
Druck und Bindung: Friedrich Pustet in Regensburg

5 4 3 2 1   96 97 98 99

Die alte Dame greift ein

Manfred Witte

Die alte Dame greift ein

176 Seiten, Illustr. von Erhard Dietl, ab 10, ISBN 3 522 16841 0

Seltsame Dinge gehen in der Baufirma TuS vor, die eigentlich Tessmann und Schröder heißt, von den Angestellten aber gern »Trümmer und Schrott« genannt wird. Herr Schröder sieht sich gezwungen, die alte Dame einzuschalten. Als Putzfrau verkleidet nimmt sie die Ermittlungen auf ...

Der Verdacht der alten Dame

Manfred Witte

Der Verdacht der alten Dame

176 Seiten, Illustr. von Erhard Dietl, ab 10, ISBN 3 522 16806 2

Das Leben auf einem Hühnerhof kann ganz schön anstrengend sein – das findet zumindest John Grünwald. Vor allem, wenn auch noch der überraschende Tod des Hofbesitzers dazukommt und seine Witwe und seine Tochter sich äußerst merkwürdig benehmen. Zum Glück gibt es da ja noch die alte Dame …

THIENEMANN